Meurtre Bénévole

Catherine Secq

Meurtre Bénévole

Une affaire pour la commissaire
Bombardier

ISBN numérique : 979-10-262-2636-9

EAN papier : 9791026228219

librinova

Courriel : contact@librinova.com
Internet : www.librinova.com

Remerciements

À ma fidèle amie, Françoise Simon,
qui m'aide à avoir confiance en moi
et surmonter mes doutes.
J'avais besoin de cette main tendue.

Canard laqué

Tout en tâtant les cuisses encore fermes du canard qui pend attaché à une corde depuis plusieurs jours, Josiane se dit que ses quelques jours de repos tombent à pic. Les vacances de la Toussaint démarrent et elle va pouvoir passer un peu de temps avec sa petite fille adorée. Elle se fait une vraie joie de lui faire découvrir un plat mythique de la culture chinoise : le canard laqué.

Dans son livre de recettes, il est indiqué que tout est dans la préparation du canard avant même la cuisson. Pour obtenir une peau bien croustillante, il faut laisser sécher la volaille déplumée, vidée de ses entrailles et ébouillantée, plusieurs jours si possible dans un endroit venté. C'est donc sur son petit balcon que Josiane a installé l'oiseau badigeonné de miel. Le plus compliqué aura été de décoller la peau de la chair. Pour cela, il était indiqué qu'il fallait inciser au niveau du croupion et souffler.

— Ils sont vraiment tordus ces Pékinois. Il n'y a qu'eux pour imaginer de telles simagrées, avait-elle ronchonné, tout en soufflant de toutes ses forces dans le cul du canard. Heureusement, personne n'avait assisté à ces préparatifs, peu ragoûtants.

Josiane Bombarbier vit seule depuis que son défunt mari a eu la bonne idée de casser sa pipe, dans le lit de sa maîtresse, après avoir abusé de stimulus médicamenteux. Il est mort d'avoir trop sacrifié à Vénus comme notre bon Félix Faure, qui marqua malgré lui l'histoire des présidents sous la 3e république. D'ailleurs, comble de l'ironie du destin, le mari infidèle de Josiane se prénommait Félix. On ne refait pas l'histoire !

Satisfaite par la tournure prise par la peau du canard, Josiane rejoint sa minuscule cuisine, le casque toujours enfoncé sur les oreilles pour se stimuler au son de la voix de ses rockeurs et crooners préférés : Johnny, Elvis, Elton... Grâce à cette perfusion musicale permanente, Josiane s'efforce de positiver sa solitude. Au moins, se dit-elle, on me fout la paix. La seule présence vivante que Josiane tolère désormais dans son intimité, c'est celle de ses deux chats, gras comme des cochons, qui passent leur temps à lustrer le vieux fauteuil en cuir, souvenir de son Félix à elle.

— ça va ? Vous ne peinez pas trop mes mignons ? Allez, du balai ! Il est à moi aussi ce fauteuil.

Et elle s'écroule avec délice dans le cuir encore chaud, envisageant avec bonheur de s'accorder une petite sieste dans les bras de Franck et de ses « Strangers in the nigth ». "...Something in my heart told me I must have you..." et quelque chose me dit que...

— Mais, c'est quoi tout ce raffut ?

Josiane se redresse d'un bond. Elle arrache les écouteurs pour mieux identifier le bruit. Quelqu'un tape comme un malade à la porte.

— Minute ! J'arrive !

Elle écarte ses deux matous qui ont repris possession du fauteuil, même occupé, et se dirige, énervée, vers la porte d'entrée, prête à en découdre avec celui qui ose l'arracher aux bras de Franck Sinatra.

— C'est toi ? Tu ne sais pas que je suis de repos ? Qu'est-ce que tu fous ici ?

— Euh... b...bonjour Madame. Désolé de vous déranger p...pendant vos jours de récupération, mais on a un mort sur les bras et p...personne disponible au commissariat p...pour s'occuper de l'affaire. Alors, on a pensé que...

— Ben, tu ferais mieux de t'abstenir de penser, mon p'tit

gars. Pense à ton avancement. Et ne reste pas sur le seuil, comme un grand dadais. Tu aurais pu en profiter pour apporter une pizza en même temps. Au moins, tu ne serais pas venu pour rien.

– Mais, M...Madame. C'est du sérieux. C'est le p...premier substitut lui-même qui m'envoie. Il dit qu'il n'y a que vous p...pour élucider une telle affaire.

En entendant ce compliment, le torse de Josiane se redresse, mettant encore un peu plus en valeur sa poitrine généreuse, difficilement maîtrisée par un playtex à qui on en demande décidément trop. Un rictus sur les lèvres de Josiane Bombardier faisant office de sourire signifie à l'inspecteur Paul Holo que le poisson est ferré. Elle va dire oui, se dit-il, tout fier de sa témérité et de sa prouesse.

– Bon. Attends-moi là, Polo. Il faut que je me change.

Et Josiane envoie balader ses charentaises pour aller revêtir son éternel vêtement de travail : jean et blouson de cuir. Étant donné son âge qui ne fait qu'avancer, la commissaire Josiane Bombardier a renoncé aux santiags et au bandana. Elle ne les sort plus que pour le week-end et les grandes occasions.

– Je suis prête. Allons-y. Tu vas m'expliquer en route. Tu as une caisse, au moins ?

– Oui oui, Madame. Je suis passé au poste prendre une voiture de fonction.

– Un bon point pour toi.

À peine installée au volant, Josiane, qui porte bien son nom, bombarde l'inspecteur de questions. Il est sommé de tout lui dire. Heureusement, elle a pris d'autorité le volant laissant ainsi la possibilité à son assistant de consulter ses notes.

– Alors, il s'agit d'une mort suspecte, celle du directeur d'une association qui s'est écroulé sur son lieu de travail. On l'a retrouvé, affalé sur son bureau, la tête dans le livre des comptes.

— Pourquoi est-ce que c'est suspect ? Il a pu avoir un AVC ou une crise cardiaque à la découverte de son bilan, non ?

— L...Le médecin légiste a déjà fait les premières constatations. R...Rien de tout cela a priori. C'était un grand sportif, suivi médicalement. Non, apparemment, les causes de la mort sont inexpliquées et comme le président de l'association est un ami personnel du magistrat, ce dernier a réagi aussitôt. Visiblement, ils veulent éviter tout scandale. L'association est en passe d'obtenir le statut d'intérêt général.

— Et ?

— E...Et si elle l'obtient, elle pourra bénéficier du mécénat et offrir à ses donateurs de gros avantages fiscaux. Cela lui ouvrira de grandes possibilités de développement. Si j'ai bien compris, les enjeux sont importants.

— On en revient toujours au fric, mon p'tit Polo. Bon, elle fait quoi cette association ?

— A...Alors là. Je n'ai pas tout compris. Apparemment, elle s'intéresse aux nouveaux usages des végétaux, d'où son nom ANUV, ce qui veut dire : Association pour les nouveaux usages des végétaux.

— Heureusement qu'elle ne s'occupe pas des singes.

— ????

— ça ferait ANUS. Ce serait plus marrant, non ?

Paul Holo ne relève pas. Depuis deux ans qu'il travaille avec la commissaire, il a appris, à ses dépens d'ailleurs, à ne pas la contrarier, surtout si le jeu n'en vaut pas la chandelle. Paul Holo est sorti de l'école de police justement il y a deux ans et cette première expérience professionnelle se révèle, disons, très formatrice. De tempérament plutôt timide et complexé, Paul Holo s'efforce d'être un bon assistant, mais avec sa grande taille, son port légèrement voûté et son allure dégingandée, il peine à imposer sa personnalité face au rouleur compresseur de la commissaire. Malgré les nombreuses heures passées chez l'orthophoniste, il a gardé de l'enfance une fâcheuse tendance à bégayer lorsqu'il s'énerve. Et comme, quand il bégaye, cela l'énerve ; c'est comme un cercle vicieux qui lui vaut bien des railleries confraternelles. Heureusement pour lui, Paul Holo semble en avoir définitivement fini avec l'éruption cutanée propre à tous les adolescents, l'acné. Cette première victoire sur son corps lui fait espérer qu'un jour, peut-être, il ne sera plus ni bègue ni boutonneux et qu'enfin, il aura toutes ses chances de plaire aux filles. Une voyante, un jour, lui a prédit qu'il trouverait l'amour sur son lieu de travail. Depuis, il tombe amoureux de toutes les jeunes filles qu'il croise, en uniforme ou non. Il sait qu'il finira par LA trouver. Pour mettre toutes ses chances de son côté, il s'est inscrit à un cours de danse. Il danse un peu de tout. Il essaie en tout cas.

– On ne devrait plus être très loin maintenant. Avec un siège près du champ de mars, elle ne se refuse rien cette association, bougonne la commissaire. Nous voilà. J'aperçois les collègues. J'espère qu'ils ont installé le périmètre de sécurité. Sinon, ça va barder !

Josiane Bombardier est montée constamment sur des ressorts, toujours prête à dégainer que ce soit une moquerie, un coup de gueule ou même un coup de poing. C'est déjà arrivé, paraît-il, ce qui lui a valu une mise au placard de quelques semaines. Mieux vaut ne pas la provoquer.

La commissaire, flanquée de son assistant, fend l'attroupement qui s'est formé devant le portail d'entrée, d'un pas décidé.

– Police, laissez passer.

De mort naturelle

– Bonjour Messieurs Dames, lance l'hôtesse dont la tête dépasse à peine de l'imposant comptoir de l'immense hall d'accueil.

L'entrée de l'immeuble couvre, à elle seule, la surface d'un appartement. L'escalier monumental, le tapis XXL, les plafonds vertigineusement hauts ont tout pour impressionner les visiteurs. La première réaction serait logiquement de chuchoter et d'avancer sur la pointe des pieds, mais il en faudrait plus pour intimider l'officier de police et son adjoint.

– Sûr qu'avec son mètre soixante, la commissaire ne risque pas de se prendre la tête dans les lustres ! blague intérieurement l'inspecteur Paul Holo.

– Bonjour Mademoiselle, je suis la commissaire Bombardier et voici mon assistant, l'inspecteur Holo. On nous a signalé un décès dans vos bureaux. Nous voudrions voir votre président ou la personne ayant la charge de le représenter s'il n'est pas là.

– Oui bien-sûr. Suivez-moi. Je vais vous conduire.

– Auparavant, amenez-moi auprès de la personne décédée, le directeur si j'ai bien compris ?

– Oui, c'est cela, Madame. Il s'agit de notre directeur : Marc-Antoine de la Chapelle. Son bureau est à l'étage. L'hôtesse quitte sa banque d'accueil pour précéder les deux policiers.

Sa jupe est si serrée que la fente, derrière, s'en trouve largement écartée. Est-ce pour ne pas craquer sa jupe ou parce qu'elle ne maîtrise pas encore ses douze centimètres de talon, toujours est-il que, la jolie hôtesse marche vite, mais à tous petits pas, ce qui lui donne une allure de poulette. Josiane Bombardier ne peut s'empêcher de penser au croupion de son canard. Quant à l'inspecteur Holo, lui aussi a les yeux braqués sur le postérieur avantageux, mais ses pensées sont aux antipodes de celles de sa patronne.

Le premier étage du bâtiment est moins ostentatoire que le rez-de-chaussée.

— Austère, presque sombre, des couloirs interminables et d'innombrables portes. Il doit s'en passer des choses ici, murmure Josiane à l'oreille de son assistant dont plus aucun sens ne semble fonctionner hormis la vue, si on en juge par l'écarquillement des yeux et l'immobilité du regard.

Hello, Pololo ! ! ! Tu es avec moi là ou quoi ?

— Ex.. ex...excusez-moi, Madame. Vous disiez ?

— Je disais qu'il va nous falloir un plan de tous ces bureaux. C'est un labyrinthe ici.

— D'accord, je m'en occupe.

— C'est ça. Tu verras ça avec Mademoiselle ! rétorque Josiane Bombardier en indiquant d'un coup de menton l'hôtesse qui les précède.

Le médecin légiste et la scientifique sont sur place. Ils effectuent les premiers relevés et photographient la scène.

— Salut Max.

— Salut Josy. Alors, on est allé te chercher dans ton poulailler montmartrois ? Tu n'étais pas de repos ?

— Si, mais que veux-tu. Ils ne peuvent pas se passer de moi. Alors...

Max Taupin et Josiane Bombardier se connaissent depuis longtemps et s'apprécient. Tous les deux directs, ils ne s'embarrassent pas de tournures superflues pour dire ce qu'ils pensent, que cela plaise ou non. Mieux vaut être prévenu. Et puis, Max gratte un peu la guitare électrique et cela constitue un second centre d'intérêt commun qui a facilité le rapprochement amical.

— Je t'écoute, Max.

— Et bien, comme tu pourras le constater toi-même, nous avons en face de nous un bel homme, dans la force de l'âge, visiblement sportif, en tout cas qui entretenait son corps avec soin. Donc, a priori aucune raison de passer l'arme à gauche, tranquillement assis dans son fauteuil. La cause de la mort est pour l'instant une énigme pour moi. Aucun coup apparent, pas de signe de strangulation, pas de cyanose ni d'hématome visible. Il faudra que je fouille un peu les entrailles de cet apollon pour trouver l'explication.

— Le corps a-t-il été déplacé ?

— Non, je ne pense pas. Pour moi, il était assis à son bureau et s'est écroulé, à l'endroit où nous l'avons découvert.

— ça ressemble quand même à une mort naturelle, style crise cardiaque ou AVC, non ?

— À voir.

— À quand remonte la mort ?

— Je dirais deux à trois heures maximum, vu la rigidité et la température du corps.

Et, en soupirant, le médecin légiste ajoute :

— Il va en faire des malheureuses et des frustrées, j'imagine. Dommage quand même !

La commissaire, insensible à cette perte pour l'humanité féminine, se retourne vers son assistant :

— Qui a découvert le corps ?

— C'est sa secrétaire, Odile Leroy. Elle est dans le bureau, si vous souhaitez la voir.

— OK. On y va. Merci Max. Tu m'envoies ton rapport rapidement ? N'oublie pas que je suis de repos. J'aimerais autant boucler cette affaire le plus vite possible d'autant que j'ai mon canard qui m'attend à la maison.

— Je croyais que tu n'aimais que les poulets.

— Trop drôle.

— Allez. C'est comme si c'était fait ma belle ! conclut le médecin légiste avec un rapide clin d'œil complice.

— Suivez-moi Madame.

Et l'assistant conduit sa patronne dans le bureau qui jouxte celui du directeur, mais qui, curieusement, n'a pas d'accès direct. Il faut passer par le couloir pour s'y rendre. La secrétaire est en train de pleurer, ainsi que deux autres jeunes femmes. À la vue du nombre de mouchoirs en papier qui remplissent la poubelle, on devine que ces larmoiements durent depuis un certain temps.

— Bonjour. Je me présente, commissaire Bombardier. Vous êtes ?

— Bon...Bonjour répond la première en s'essuyant le bout du nez. Je... je suis... j'étais... la secrétaire de Monsieur le Directeur, Odile Leroy.

— Je m'appelle Marie Ponthieu et je suis la documentaliste, enchaîne sa collègue.

— Et moi, je m'occupe de l'accueil. Nous nous sommes vus tout à l'heure. Mon nom est Amélie Proult.

— A...Amélie PPP... ? reprend l'assistant qui prend note de tout.

— Proult. Comme Proust, mais avec un l à la place du s.

— Ah... oui. Je... je vois.

— C'est un nom prédestiné quand on a un cul comme le sien, pense la commissaire. Bon, qui a découvert le corps ?

— C'est moi, répond la secrétaire. Je voulais prévenir Monsieur le Directeur de la livraison des livres qu'il avait commandés et comme il ne répondait pas au téléphone, je me suis permis de toquer à sa porte. Comme il ne répondait toujours pas, j'ai ouvert et c'est là que je l'ai vu, écroulé sur son bureau. Sur le coup, je me suis dit qu'il s'était endormi sur son travail, mais quand je l'ai touché, j'ai vu qu'il ne réagissait pas et j'ai tout de suite compris qu'il y avait un problème.

— Et alors, vous avez fait quoi ?

— J'ai prévenu Amélie à l'accueil et elle m'a dit qu'elle appelait aussitôt le SAMU.

— Et puis ?

— J'ai appelé la secrétaire générale chez elle. Elle ne vient jamais le mercredi, car c'est le jour où elle garde ses petits-enfants. Le président, lui, participe à un congrès international. Je n'ai pas osé le déranger.

— D'accord. On prendra les noms de tous ces gens-là. Il nous faudra d'ailleurs un organigramme si la mort est déclarée suspecte. Pour l'instant, on n'en sait rien.

— De quoi est-il mort ? s'aventure la documentaliste.

— On ne sait pas. Peut-être infarctus ou AVC. L'autopsie va nous dire précisément. Vous n'avez touché à rien, dans son bureau, j'espère.

— Non... non.

— Bien. C'est tout pour le moment. Merci mesdames.

Sur ce, Josiane Bombardier tourne les talons et quitte le bureau d'un pas décidé, entraînant son assistant dans son sillage. Une fois éloignés, elle lui donne ses consignes.

— L'urgent est d'attendre les conclusions de Max, mais quand même, pour ne pas perdre de temps, tu me prends les coordonnées de tout le monde. Je veux l'organigramme complet, les statuts de l'association ... un peu de doc qui nous permette de comprendre ce qu'ils font. D'accord ? Tu restes sur place et tu laisses traîner tes oreilles, comme d'hab. Compris ?

— Compris, patronne.

— Quant à tes yeux, tu les laisses traîner aussi, mais sur autre chose que le croupion de Miss Prout, d'accord ?

— Euh... oui... d'accord.

—En attendant, moi je vais aller prévenir la famille. Pour

l'instant, je vais évoquer l'hypothèse d'une mort naturelle. Quel sale boulot quand même. Je déteste ça.

De mort inexpliquée

— Bonjour Josy.

— Hello Max ! Tu m'appelles pour me dire que tu m'aimes ou pour me donner les résultats de ton autopsie ?

— Les deux, tu penses bien.

— Bon, allez, accouche.

— Toujours aussi romantique ; c'est comme ça que je te préfère ! Bon, alors, ça va être vite vu. Monsieur le directeur n'avait a priori aucune raison de mourir. Tout avait l'air de bien fonctionner. De la belle horlogerie.

— Comment ça ? Tu es en train de me dire que c'est l'opération du Saint-Esprit ?

— C'est à peu près ça. Grâce à sa carte vitale, j'ai retrouvé les coordonnées de son médecin traitant qui ne m'a évoqué qu'une faiblesse hépatique, mais rien de grave. J'ai envoyé au labo des cheveux et des échantillons de sang et d'urine, en leur demandant une analyse toxicologique. Peut-être se droguait-il ? Je vais pousser plus loin les investigations au niveau des viscères, mais pour le moment, à part nous en remettre à la volonté du seigneur, je ne vois pas pourquoi ce brave homme a rendu son âme.

— Hum ! C'est louche tout ça. Mon petit doigt me dit qu'il y a une embrouille là-dessous. En attendant tes résultats, je vais aller faire un petit tour à l'association, pour rencontrer le président. Il doit être rentré de son voyage.

— OK Josy. Je t'appelle dès que j'ai des infos à te donner. Salut !

L'association n'a pas jugé utile de fermer ses portes. Josiane Bombardier retrouve donc Miss Prout à l'accueil, toujours emmaillotée dans une jupe crayon, mais cette fois-ci de couleur rouge, ce qui met encore plus en valeur ses attributs naturels. Son vernis à ongles, évidemment assorti, offre un rappel de couleurs animé.

— Tout cela est très étudié, soupire la commissaire qui se dit qu'elle-même devrait passer un peu plus de temps devant son miroir le matin si elle ne veut pas finir sa vie toute seule avec ses chats. Mais ce face à face matinal et journalier avec sa tête, dont une partie dort encore, est déjà une épreuve en soi. Inutile d'en rajouter.

Tout à ses réflexions intérieures, Josiane Bombardier suit le croupion rouge jusqu'au bureau du président qui, cette fois-ci, est là et disponible pour la recevoir.

— Commissaire Bombardier, bonjour Monsieur le président.

— Bonjour commissaire, Hugues de la Roquette. Je vous présente la secrétaire générale, Madame Barani. Je vous en prie, asseyez-vous.

— Merci. Bien, je vous présente mes condoléances. Vous êtes au courant de la situation. Votre directeur, Marc-Antoine de la Chapelle, a été découvert mort, assis à son bureau, hier après-midi. Le corps a été retrouvé par Madame Odile Leroy, sa secrétaire. Les premières constatations concluent à une mort de cause non identifiée donc suspecte. J'ai moi-même prévenu les proches. Le corps a été emmené au service de médecine légale où il subit en ce moment même un examen approfondi afin de comprendre ce qu'il s'est passé. Si le légiste conclut à une mort naturelle ou accidentelle, le corps sera rapidement rendu à sa famille et nous en resterons là. Dans le cas contraire, une enquête sera ouverte, dont j'aurai la responsabilité et nous serons, dans ce cas, amenés à nous revoir.

— Vous êtes la bienvenue, commissaire. Vous pouvez

compter sur nous pour tout faire afin de faciliter votre travail.

Josiane Bombardier ne peut s'empêcher de penser à cet instant qu'ils disent tous cela au début d'une enquête, mais qu'en général, ils changent vite d'avis ensuite. Elle répond le plus courtoisement possible :

— Je vous remercie, Monsieur le Président. Je voudrais vous poser quelques questions préliminaires pour faire un peu connaissance avec vous-même et votre activité.

— Bien entendu.

— Je voudrais que vous m'expliquiez l'objet de votre association, son histoire, son organisation. J'ai lu vos statuts et connais déjà un certain nombre d'éléments. Avant cela, j'aimerais que vous vous présentiez tous les deux et enfin que vous me parliez du défunt.

Le président, flatté comme tout président qui se respecte d'avoir la parole, se redresse fièrement. C'est un homme d'une soixantaine d'années que l'on remarque immédiatement par sa grande taille, son allure longiforme et sa chevelure blanche, étonnamment longue pour un homme de cet âge. Les grandes mèches bouclées, coiffées à l'arrière, ayant une fâcheuse tendance à ne pas tenir en place, le président passe régulièrement la main dans ses beaux cheveux rebelles pour les remettre en place. Josiane Bombardier calcule qu'à raison d'un passage toutes les deux minutes, ça fait quand même près de quatre cents mouvements inutiles par jour, près de cent-cinquante mille par an !

— Et bien, si vous avez lu les statuts de l'association, vous y avez vu que notre objectif est de valoriser les nouveaux usages des végétaux. ANUV est une contraction de Génie Végétal. En effet, les plantes ont des pouvoirs étonnants et complètement insoupçonnés. Elles peuvent rendre de nombreux services et notre devoir est de promouvoir ces applications qui, la plupart du temps, sont bénéfiques en termes écologiques. J'ai l'honneur de présider cette association depuis huit ans. J'en suis à mon troisième mandat. Moi-même, je viens de la recherche. J'ai longtemps travaillé à l'INRA, l'Institut national de la recherche agronomique. Je fais d'ailleurs toujours partie de leur conseil d'administration et nous sommes en relation étroite avec eux, ce dont je me félicite, car cet institut tient la première place en Europe, dans son domaine d'intervention.

— Et vous, Madame ?

La secrétaire générale, jusque-là silencieuse et se tenant dans l'ombre de son président, redresse la tête. Contrairement au prestigieux et flamboyant président, la secrétaire générale paraît toute ratatinée comme un vieux croûton rassis. Elle n'a aucune grâce dans son comportement et aucune aisance dans son élocution. D'emblée, elle inspire plutôt l'antipathie.

— Ces deux-là ne vont pas ensemble, pense la commissaire.

Quand la secrétaire générale prend la parole, elle se tient encore plus voûtée. Timidité ? Modestie ? Roublardise ?

— Je me présente donc : Xavière Barani. J'ai été élue secrétaire générale il y a cinq ans. C'est mon deuxième mandat. Je m'occupe, bénévolement, des affaires courantes et du personnel, avec le directeur bien entendu. Je dirige une maison d'édition spécialisée dans les ouvrages scientifiques, mais je suis, disons, en semi-retraite depuis deux ans.

— Vous vous entendiez bien avec votre directeur ? Parlez-moi de lui.

— Marc-Antoine de la Chapelle est arrivé peu de temps avant moi, répond la secrétaire générale.

— Oui, c'est moi qui l'ai recruté, l'interrompt le président.

— C'était un bon directeur que tout le monde appréciait, reprend-elle.

— Épargnez-moi les discours convenus, si vous voulez bien, lui rétorque la commissaire. Tout le monde sait qu'une fois qu'on est mort, on n'a plus que des qualités. C'est à peu près le seul avantage d'ailleurs.

La secrétaire générale n'apprécie guère ces interruptions et bon gré mal gré, surtout mal gré, reprend.

— Je pense qu'il assurait sa mission, même si nous n'étions pas toujours d'accord sur la façon de diriger l'équipe. On lui demandait d'appliquer les décisions du conseil d'administration, pas de prendre des initiatives personnelles et ça, il avait du mal à l'accepter.

— Vous arrivait-il, à l'un ou à l'autre, d'être en désaccord et de vous disputer avec votre directeur ?

— Mais non, reprend le président. Qu'allez-vous imaginer, Madame la Commissaire ? Nous avions parfois des échanges un peu vifs, mais tout à fait normaux dans une équipe. C'est de la confrontation des points de vue que naît le progrès.

— Jolie phrase. Bien, parlez-moi un peu de votre directeur ? Quel genre d'homme était-ce ?

Le président reprend la parole :

— Monsieur de la Chapelle avait quarante ans et travaillait pour nous depuis six ans. Il était apprécié pour sa rigueur professionnelle. C'était un homme dynamique, qui a su mettre en place des nouveaux partenariats et obtenir des financements. Cela nous a permis d'engager de nouveaux projets. D'ailleurs, nous étions en train de préparer un colloque sur les champignons et leurs pouvoirs extraordinaires.

— De quels pouvoirs parlez-vous, Monsieur le Président ?

— Savez-vous par exemple que les chapeaux que vous traquez avec gourmandise, dans les bois, ne sont que les organes reproducteurs d'organismes souterrains bien plus vastes : 99 % des espèces de champignons n'apparaissent d'ailleurs jamais au grand jour. L'essentiel se passe sous nos pieds. Le corps des champignons se compose de filaments qui peuvent s'étendre, telle une toile d'araignée, sur plusieurs hectares. Cette toile blanche que l'on appelle le mycélium permet aux champignons de dégrader et digérer de nombreux nutriments. Une équipe de scientifiques a ainsi eu l'idée de mettre les champignons au travail en essayant de leur faire avaler les produits toxiques répandus dans certains sols.

— Et cela marche ?

— Nous n'en sommes qu'au début, mais les chercheurs ont réussi à dépolluer des sols souillés par des hydrocarbures, de la dioxine, du plomb... Les champignons ont tout avalé. Dans le nord, une expérience est même menée, grandeur nature, pour assainir une ancienne décharge, preuve que les travaux des chercheurs ne sont pas loin d'aboutir.

— C'est passionnant.

— Je pourrais vous en parler des heures. Et encore, je ne suis pas aussi connaisseur que notre vice-président, Edmond Fuchs. Quand vous le rencontrerez, si vous le lancez sur le sujet, vous constaterez vite qu'il est un puits de science. Quand on pense qu'il existe plus d'un million d'espèces de champignons et que l'on en connaît qu'à peine 15%. Vous imaginez tout ce qu'il nous reste à découvrir ?

— Une vie n'y suffirait pas.

— C'est sûr, Madame la Commissaire. Et, je ne vous ai pas parlé d'une autre application qui consiste à former des couples entre les plantes et les champignons, à les marier en quelque sorte. Cela a pour intérêt d'aider la plante à mieux assimiler les réserves du sol et limiter ses besoins en eau ou en engrais. Pour lutter contre la désertification de certaines régions, ces programmes, s'ils aboutissent, peuvent représenter un intérêt évident. Ce ne sont que des exemples. Demain, on saura aussi fabriquer du biocarburant grâce aux champignons, vous verrez.

– Oui, tout ceci est très intéressant, mais revenons, si vous le voulez bien, au sujet qui me préoccupe en ce moment et parlez-moi de votre directeur.

– On peut dire que c'était un homme ambitieux, au relationnel direct. Il travaillait auparavant à l'étranger et souhaitait rentrer en France. Je crois qu'il était célibataire. Disons qu'il aimait les femmes, TOUTES les femmes si vous voyez ce que je veux dire. Il avait un physique qui lui permettait de collectionner les conquêtes et il ne s'en privait pas. Après tout, il avait bien raison d'en profiter. Maintenant, c'est terminé pour lui.

– Avait-il une relation avec un bénévole ou un salarié de l'association ?

– À ma connaissance, non. Enfin, plus maintenant. Au début, quand il est arrivé, il a eu une aventure avec une de nos administratrices, Anne-Charlotte van Tournel, mais nous y avons rapidement mis un terme. Pour la réputation de notre association, c'était préférable.

– Était-il en conflit avec l'un d'entre vous ?

– On ne peut pas vraiment dire cela... Disons qu'il avait parfois des échanges un peu vifs avec le comptable, Etienne Baudu, qui est également délégué syndical. C'est un comptable compétent, mais disons que son passé militaire l'a rendu un peu rigide. Il est également délégué syndical et de ce fait, était forcément amené à entrer régulièrement en opposition avec la direction. Mais rien de grave.

– Ah bon ? Si je comprends bien, les relations entre les bénévoles élus et les salariés ne sont pas au beau fixe ?

– Oh, vous savez ce que c'est que des salariés ! Ils n'en

ont jamais assez ; il faut sans arrêt les remettre à leur place sinon, ils prennent le pouvoir et c'est la catastrophe.

— Ah oui, je vois... parfaitement... Il faudra que je rencontre votre comptable et tous les autres employés d'ailleurs.

— Mais pourquoi ?

— Et bien, comme je vous l'ai dit, votre directeur est mort de façon, pour l'instant, inexpliquée et cela pose question, vous voyez ? Et à part ses relations tendues avec le comptable, votre directeur avait-il d'autres inimitiés ?

— Je ne crois pas, non.

— Bien, je ne vais pas vous prendre plus de temps, conclut la commissaire.

— Vous nous tenez au courant, bien entendu ? lui lance le président en même temps qu'il se lève et lui tend la main.

— Bien entendu, Monsieur le président, bien entendu.

Après avoir pris congé de ses hôtes, Josiane Bombardier appelle son collègue et ami légiste.

— Tu as du nouveau, Max ?

— Et bien, je te confirme que ton directeur était doté d'une belle mécanique, et monté comme un étalon. Il devait en faire des heureuses ! Par contre, j'ai bien relevé un problème au niveau du foie et je peux même te dire qu'il souffrait d'une hépatite virale. Ce genre de pathologie peut d'ailleurs provenir de partenaires sexuelles porteuses. Sinon, il avait tout en parfait état de marche, l'animal ! Je voulais analyser son bol alimentaire, mais visiblement, il avait chopé une bonne gastro-entérite. Autant te dire que tout était nettoyé là-dedans.

— Bon, ben, fais un effort et trouve-moi quelque chose. Je compte sur toi.

Sur ces échanges, la commissaire se retire et décide de visiter un peu les locaux, à la rencontre de son assistant. L'association est installée dans un ancien bâtiment de style haussmannien. Si les couloirs sont sombres et étroits, les bureaux sont plutôt agréables, car hauts de plafond et éclairés par de nombreuses fenêtres qui donnent sur une avenue très bruyante. Bien entretenus, ces bureaux valent une petite fortune. D'après les documents qu'elle a feuilletés, la commissaire a compris que l'association en était propriétaire, grâce à des legs effectués au cours du temps, par des adhérents fortunés. C'est un avantage considérable, d'une part pour l'image de l'association et d'autre part, sur le plan financier, en allégeant les charges d'un loyer qui serait probablement prohibitif. La commissaire traverse le petit jardin intérieur pour se diriger vers un autre bâtiment où se trouve la salle de conférence lorsque son téléphone sonne. C'est Max, le légiste.

– Allo, Josy ? J'ai trouvé la cause du décès de ton beau directeur.

– Ah ? Et qu'as-tu trouvé ?

– Ça reste à confirmer, mais, apparemment ton directeur a succombé à une hépatite fulminante, provoquée par l'ingestion d'amanite phalloïde, le champignon le plus mortel sur terre. Il n'y avait pas que des cèpes dans son omelette.

– Tiens, tiens... pour un spécialiste des plantes, c'est surprenant. J'ai de plus en plus la conviction qu'il s'agit d'un meurtre ! Mon premier empoisonnement aux champignons ! Hum ; ça me plaît. Dis-moi en plus.

– L'amanite phalloïde, c'est le champignon le plus dangereux, surtout si le diagnostic intervient tardivement. D'ailleurs, on l'appelle aussi « le calice de la mort ». Au-delà de six heures après l'ingestion, les toxines contenues dans le champignon peuvent faire des dégâts considérables en détruisant les cellules du foie et parfois aussi du rein. Ces organes s'arrêtent de fonctionner provoquant le coma puis la mort. Trente grammes suffisent pour tuer un homme, autant dire un seul petit champignon.

— Hum... De toute façon, ici, tout est trop « politiquement correct ». Je suis sûre que ça cache quelque chose et mon instinct me trompe rarement. Merci, mon petit Max, d'avoir ainsi aiguisé mon intérêt.

— De rien ma belle. À ton service ...

La commissaire, tout émoustillée par la nouvelle, profite de l'unique banc du petit jardin pour faire une pause afin de mettre un peu d'ordre dans toutes les pensées qui bousculent tout à coup son hémisphère droit. Toujours assise sur son banc, à l'ombre protectrice d'un bel érable rougissant, la commissaire aperçoit le président qui semble sur le point de partir. Elle se lève d'un bond et l'interpelle.

— Monsieur le président !

Celui-ci se retourne. Dans son costume gris perle impeccable, il conserve un certain charme et paraît tout à fait respectable.

— Attention chère Madame où vous marchez !

La commissaire baisse aussitôt la tête et soulève ses pieds. Il n'y a pourtant rien sous ses chaussures.

Le président reprend.

— Savez-vous sur quoi vous marchez ?

— Euh, à part quelques feuilles mortes, je ne vois pas...

— Justement. Vous marchez sur des feuilles mortes et c'est très grave !

— Ah bon ?

— Ces feuilles mortes, demain, permettront la production de produits high-tech extrêmement puissants.

Incrédule, la commissaire regarde à nouveau ses pieds.

— Difficile à imaginer, bredouille-t-elle.

— Pour vous, pauvres profanes, oui, mais nous, nous suivons de près les travaux d'ingénieurs chinois qui étudient la transformation de feuilles en matériaux poreux à base de carbone pouvant fonctionner comme des supercondensateurs.

— Excusez mes lacunes, mais ça sert à quoi un supercondensateur ?

— Dans la plupart des appareils électroniques, on utilise des condensateurs, à base de graphène souvent. Ils servent à stocker ou filtrer l'énergie. Les supercondensateurs, comme leur nom l'indique, ont une capacité de stockage supérieure. Ceux réalisés à base de feuilles végétales peuvent contenir trois fois plus d'énergie. C'est un marché très prometteur même si aujourd'hui, le processus de transformation est encore laborieux et onéreux. Les coûts vont baisser significativement, à grande échelle, et on saura alors pourquoi on ramasse les feuilles mortes.

À ce moment précis, Josiane Bombardier se sent impressionnée par tant d'érudition. C'est sûr, Monsieur le Président a l'art de se placer au-dessus de la mêlée ! Son ton condescendant la met mal à l'aise. Elle se sent ignorante et même en position d'infériorité, ce qui est probablement le but de la manœuvre. À moins qu'en se cachant derrière cet étalage de sciences, Monsieur de la Roquette ne cherche à cacher ses faiblesses. Pourquoi cette fâcheuse manie de détourner le sujet de conversation ?

— C'est très intéressant, merci d'enrichir ainsi ma culture personnelle, Monsieur le Président ; mais excusez-moi, je viens d'avoir la confirmation que votre directeur est mort empoisonné. Meurtre ou accident, cela reste à déterminer bien sûr, mais je vais devoir mettre son bureau sous scellés et interroger toutes les personnes susceptibles d'être impliquées ou de disposer d'informations.

— Mon dieu, mais comment est-ce possible ? Je n'y crois pas.

— Désolée. Ça arrive plus souvent qu'on ne pense, vous savez ?

— Vous pouvez compter sur moi pour faciliter votre tâche, autant que faire se peut. Par contre, j'aimerais la plus grande discrétion si c'est possible. Pour l'image de l'association, vous comprenez ?

— Bien sûr, bien sûr. Pour faire vite, si vous pouviez nous permettre de nous installer sur place, le temps de l'enquête. Un petit bureau permettrait à mon assistant et à moi-même de nous réunir plus facilement. Cela nous fera gagner un temps précieux. Et puis, pour humer l'atmosphère et sentir les relations entre les uns et les autres, rien de tel que de s'immerger dans le milieu. Pensez-vous que cela soit envisageable ?

— Naturellement. Je vais donner des instructions, dans ce sens.

— Parfait, je vous remercie pour votre compréhension. Je ne vous retiens pas plus longtemps, Monsieur le Président. À TRÈS bientôt.

— À bientôt, Madame la commissaire.

Le président, digne et apparemment imperturbable, droit comme un i, ce qui le fait paraître plus grand encore, tourne les talons cirés. La commissaire regagne son banc en prenant soin de ne pas écraser les feuilles tombées au sol qu'elle ne regardera plus désormais de la même façon.

La commissaire s'installe

— Polo ? Tu es où ? Ramène-toi ici dans les dix minutes. Il faut que l'on fasse un point.

— D...d'accord, Patronne. J'étais en train d...de récupérer les informations q...que vous m'avez demandées. J...j'arrive.

Le bureau alloué à la commissaire et à son assistant pourrait héberger dix personnes. Quel luxe, ici, à Paris, dans un des secteurs les plus chers de la capitale ! Ce bel endroit va pourtant bientôt ressembler à un vrai champ de bataille et paradoxalement prendre vie.

Quand son assistant arrive, la commissaire qui a pris possession du beau fauteuil en cuir invite son jeune coéquipier à lui faire face, de l'autre côté du bureau dont le dessus en verre est immaculé.

— Bien, Max m'a informée que nous avions affaire à un empoisonnement à l'amanite phalloïde. Est-ce un accident ou un geste volontaire, nous n'en savons rien pour l'instant. Nous allons donc déployer notre stratégie habituelle.

— Un empoisonnement à l'amanite phalloïde ? Waouah !

— Ne t'excite pas mon p'tit Polo. Ce n'est pas parce que phalloïde signifie « en forme de phallus » que cela est présage d'une enquête sexe and fun ! Revenons plutôt dans l'instant présent. Que m'as-tu glané comme informations ?

— E... Excusez-moi, commissaire. Alors, j'ai récupéré un organigramme du personnel et des élus, des plaquettes de présentation de l'association, leur rapport d'activités et le dernier bilan financier de l'association. Les voici.

— Parfait. On a de quoi commencer à travailler. J'ai toujours sur moi un cahier vierge. D'ailleurs, le voici ; allons-y.

— À chaque affaire, vous démarrez un nouveau cahier ?

— Eh oui, c'est comme cela que je travaille, moi, à l'ancienne. Je note tout dans mon cahier à réglure Seyès.

— À quoi ?

— À grands carreaux, si tu préfères. Tu sais que c'est une spécificité française, les gros carreaux ? Nulle part ailleurs on ne les utilise et moi, j'aime bien. Ils me rappellent l'école, les dictées, les punitions... Je peux emmener mon petit cahier partout avec moi et le soir, quand je n'arrive pas à m'endormir, je le feuillette. Mon hémisphère droit a de quoi cogiter toute la nuit et souvent, au moment du petit déjeuner, il m'apporte la solution sur un plateau. Ça m'est arrivé plusieurs fois dans ma carrière. À défaut de solution, il me fournit des pistes à suivre ; c'est déjà ça.

— Dommage q...que toutes ces heures supplémentaires ne soient pas prises en compte !

— Ni celles-ci ni les autres. Tu t'en rendras vite compte mon p'tit Polo. Devenir commissaire, c'est entrer en sacerdoce. C'est comme une religieuse qui prend le voile, elle se dévoue corps et âme à seul et unique mari, Dieu. Nous, nous nous consacrons entièrement à la recherche de la vérité pour que justice puisse être rendue. C'est beau quand même, non ?

— Vous auriez préféré prendre le voile ?

— Ah non alors. Ça ne va pas ? Ne plus pouvoir proférer aucun juron ? Ne plus cuisiner ? Et mes chats, alors ? Qui s'occuperait de mes chats ? Ah non, bonne sœur, moi jamais de la vie ! Allez, on s'y met.

Paul Holo présente à sa supérieure les documents glanés. Pendant près de deux heures, ils en prennent connaissance afin d'être mieux armés pour démarrer les interrogatoires et poser des questions pertinentes. La présentation des documents d'information renseigne déjà sur le style de l'association : plutôt sérieux et classique, voire académique. L'association met en avant tous les bénéfices à attendre des végétaux. Ils sont incroyablement nombreux et surtout inattendus. Entre les plantes qui peuvent remplacer le béton ou le plastique pour la construction, celles capables de produire de l'énergie, celles qui servent à dépolluer, les nouveaux usages paraissent tellement prometteurs. Le sujet est passionnant ! Comment comprendre que l'on n'y ait pas eu recours, plutôt que de créer des molécules et des substances chimiques aux conséquences si nuisibles pour l'homme et son environnement ? Le tout chimique a depuis longtemps montré qu'il n'était pas la panacée pour régler nos problèmes, loin de là, alors que la nature semble être une ressource inépuisable. Toutes ces tribus qui ont survécu, se nourrissant et se soignant exclusivement grâce à la nature, sont des leçons de vie à méditer.

Le bilan financier de l'association n'est pas le document le plus facile à comprendre. Apparemment, les comptes de résultat sont positifs et font apparaître un capital en épargne et immobilisations conséquent. Propriétaire de son immeuble, qui, à lui seul, vaut une petite fortune, ANUV semble à l'abri du besoin si elle est bien gérée, ce qui semble être le cas.

— Passons à l'organigramme maintenant, propose la commissaire. Nous devons comprendre qui est qui et qui fait quoi, quels sont les liens ou les relations entre chacun. Il y a du monde qui grouille ici.

Pendant leur étude, commissaire et assistant prennent des notes, la première sur son nouveau cahier à gros carreaux, le second sur son ordinateur portable.

L'association est dirigée par un conseil d'administration de huit bénévoles, élus pour des mandats de trois ans. Le président, Hugues de la Roquette, est le vrai responsable et le représentant officiel de l'association. Il décide, avec son conseil, de la stratégie et définit les axes de développement futurs.

Pour le soulager de la gestion du quotidien, il est aidé par la secrétaire générale, Xavière Barani, en charge des affaires courantes et du personnel, comme elle l'a revendiqué lors de son premier échange avec la commissaire.

Le trésorier, troisième élément clef du conseil d'administration, s'appelle Patrice Lebault. C'est lui qui tient les comptes, gère les placements, effectue les règlements... Il est au courant de tout, car il voit tout passer.

Enfin, le vice-président, Edmond Fuchs, lui, ne sert à rien, mais il se tient en réserve au cas où le président deviendrait indisponible pour une courte durée. Dans ce cas, il peut être appelé à le remplacer, avec les mêmes pouvoirs.

Chacun des autres administrateurs s'est vu attribuer une mission. Ainsi, certains sont responsables de la documentation ou de la communication avec l'extérieur. La plupart sont chefs de projets.

La commissaire dessine un début de schéma.

— Voyons du côté des salariés. Il y en a combien exactement ?

— Sept... enfin, six maintenant, lui répond Paul Holo.

L'organigramme des salariés est, lui aussi, très pyramidal. Au sommet, on y trouve le directeur, décédé, Marc-Antoine de la Chapelle. Au niveau juste inférieur, on trouve deux ingénieurs-chefs de projets : Louis Petit et Robert Khol. Puis, en dessous, se côtoient le comptable, également délégué syndical, Etienne Baudu, et la documentaliste, Marie Ponthieu. Au premier étage de la fusée se trouvent la secrétaire de direction, Odile Leroy, qui a découvert le corps et l'hôtesse d'accueil, Amélie Proult (le joli croupion).

– Nous allons interroger tous ces braves gens. On va bien voir ce qu'ils ont à nous raconter. Ici, ce sera parfait, mais avant, Polo, je veux que l'on fasse un test d'insonorisation. Tu vas te poster cinq minutes successivement dans le couloir puis dans les deux bureaux qui jouxtent celui-ci et tu me diras si tu m'entends. D'accord ?

Les tests s'avérant concluants, il est décidé de démarrer sans attendre les interrogatoires des élus et du personnel. À cet instant, on toque timidement à la porte et sur l'invitation à entrer de la commissaire, la secrétaire de direction, Odile Leroy, passe la tête se gardant bien de s'introduire davantage, comme si l'endroit était devenu zone interdite.

– Je... je voulais savoir si vous vouliez un café ou un thé peut-être ?

– Très bonne idée, Madame... Leroy. Nous avons besoin de stimulants pour démarrer les interrogatoires de tout le monde. Vous pouvez d'ailleurs les prévenir de se tenir à notre disposition, que ce soient les élus ou les salariés. Et puisque vous êtes là, nous allons commencer par vous ... enfin après que vous nous ayez ramené deux petits cafés. Merci Madame Leroy.

Un rapide coup d'œil par la fenêtre rappelle qu'il fait beau cette année pour le mois de septembre. L'automne, c'est la saison préférée de Josiane Bombardier. Chaque jour ensoleillé est un bonus. C'est l'époque où Josiane, chaque année, se décide à faire des efforts pour tenter de reprendre son corps en mains : maigrir, se tonifier, retendre un peu cette masse de plus en plus graisseuse sur le ventre et le fessier. C'est l'époque où, chaque année, Josiane ressort le vélo poussiéreux de son garage et les baskets de leur placard. Elle leur fait prendre l'air une fois, deux fois, parfois trois et puis, l'excitation de la rentrée passée, elle les abandonne à nouveau rapidement jusqu'à l'automne suivant. Elle se serait bien mise au jogging, pour faire comme tout le monde pour une fois, mais elle n'a plus de survêtement acceptable depuis que le sien a refusé définitivement d'envelopper l'intégralité de son être. Elle s'est bien promis d'en racheter un dès les prochaines soldes, mais à chaque fois, elle oublie le moment venu ou alors les stocks dans sa taille sont épuisés. Bref, Josiane trouve toujours une excellente raison de renoncer à ses élans sportifs.

— Il me faudrait un coach, se dit-elle. Un bel entraîneur, gentil de surcroît, qui m'encouragerait à chaque effort. Une belle carotte pour laquelle je me surpasserais, dans l'indifférence de la douleur.

Josiane Bombardier soupire en regardant une dernière fois par la fenêtre de son luxueux bureau. On toque.

— Entrez, Madame Leroy, et venez-vous installer en face de moi. Merci pour les cafés. Alors, vous êtes-vous remise de la mort subite de votre directeur ?

— Oh, c'est vraiment terrible, ce qui vient d'arriver et si ... inattendu. Non, je vous avoue que je n'arrête pas de pleurer depuis que je l'ai trouvé affalé sur son bureau, sans vie. Un si bel homme !

— Vous l'aimiez bien votre directeur ?

— Oh oui, il était si gentil avec moi et si... si...

— Si quoi ?

— Si... délicat, si attentionné. On n'aurait pas cru avec son physique d'athlète, mais je peux vous dire qu'il n'a jamais raté la fête des secrétaires par exemple. Chaque année, j'avais droit à un superbe bouquet de fleurs, comme pour mon anniversaire. Ça me faisait tellement plaisir, venant de lui.

— Vous étiez amoureuse de votre directeur ?

— Oh... ouh... ah... mais...

— Mais ?

— Bouhouhouh...

La secrétaire perturbée triture son mouchoir. Derrière leurs indispensables lunettes, les yeux sont rougis et le maquillage n'a pas résisté au surcroît d'activité des glandes lacrymales, au cours des dernières heures. Odile Leroy est effondrée par la disparition de son directeur. Cette jeune femme, qu'on imagine aisément vivre dans un mélodrame permanent, a, cette fois-ci, de vraies bonnes raisons de pleurer.

— Je traduis votre réponse par un oui. C'est bien cela ? Vous savez, c'est fréquent les histoires d'amour entre un directeur et sa secrétaire.

— Il... Il n'y a jamais rien eu entre nous. Je... Je n'aurais jamais osé. Ici, c'est très strict. Pas de relations autres que professionnelles.

— Ben dites donc. C'est pire que le Goulag !

— Monsieur le président est très à cheval sur ce point.

— Que sur ce point ?

— Euh non, il est très strict en général.

— ça fait longtemps que vous travaillez ici ?

— Oh oui, j'entame ma neuvième année. J'ai connu l'ancien président et l'ancien directeur. Avec la nouvelle équipe, on sentait un renouveau. Que va-t-il se passer maintenant ?

— Oh, vous savez ; personne n'est irremplaçable.

— Oh, oui, mais Monsieur de la Chapelle était tellement... tellement... Bouhouhou...

— Bon, dites-moi, changeons de sujet. En dehors de votre travail, que faites-vous ?

— Euh... je suis des cours de chant, car j'aimerais devenir cantatrice.

— Cantatrice ? C'est vrai qu'avec la voix que vous avez, vous devez avoir du potentiel. Vous chantez quoi ? Des airs d'opéra ?

— Oui. Ce que j'aime chanter, c'est le Bel canto, la Traviata... tous ces grands morceaux de musique que chantait La Callas.

— C'est votre idole ?

— Oh oui. C'est la meilleure de toutes les grandes chanteuses d'opéra. Elle m'a toujours inspirée. Quand je chante, c'est comme si elle m'habitait, vous voyez ?

— Oui oui, très bien. J'avoue que ces grandes voix lyriques ne sont pas ma tasse de thé. Moi, je préfère les rockeurs. Rien à voir. Mais moi, je chante comme une casserole. Et vous vous produisez sur scène ?

— Oui, cela m'arrive. Je fais partie d'une chorale et j'aurais aimé en faire mon métier, mais je ne pense pas y arriver. Je vis seule avec ma mère de plus en plus invalide malheureusement et j'ai besoin de pouvoir compter sur des rentrées d'argent régulières pour payer mon appartement notamment. Tout est tellement cher à Paris.

— À votre avis, qui aurait pu en vouloir à Monsieur de la Chapelle ?

— Mais personne, voyons. Tout le monde l'appréciait. Et puis, il était si... si... Bouhouhou....

— Bon, Madame Leroy, je crois que nous allons en rester là pour aujourd'hui. Merci encore pour les cafés. Ah non, avant que vous ne partiez, j'ai besoin de reconstituer l'emploi du temps de Monsieur de la Chapelle, sur les dix derniers jours.

— D'habitude, il arrivait à 8 heures, tous les matins. Les bureaux n'ouvrent qu'à 9 heures, mais il aimait bien être là quand tout le reste de l'équipe arrivait. Il y en a qui ont une fâcheuse tendance à être toujours en retard. Lundi, il y avait une sortie mycologique avec certains membres de l'équipe permanente et des élus. Pour préparer la conférence programmée aujourd'hui, il fallait récupérer des échantillons de champignons. Aussi se sont-ils donné rendez-vous directement à Fontainebleau pour démarrer le prélèvement des champignons au petit matin.

– Ils ?

– Il y avait du côté des salariés : Marie Ponthieu la documentaliste, Etienne Baudu le comptable, Louis Petit et Robert Khol, les deux chefs de projets. Du côté des élus, il y avait la secrétaire générale, Xavière Barani et aussi Edmond Fuchs, Pierre Maupant, Jean Taupin, Patrice Lebault et Anne-Charlotte van Tournel. Ils ne sont rentrés qu'en fin de journée. Certains ne sont pas repassés ici et sont rentrés directement chez eux. Avec Edmond Fuchs, responsable de la conférence, Monsieur de la Chapelle a déchargé tous les paniers de champignons, et ce matin ils ont été installés dans la salle de conférence.

– Donc, si j'ai bien compris, Monsieur de la Chapelle s'est rendu directement de son domicile au lieu de rendez-vous, sans passer au bureau avant. Est-il repassé au bureau après la sortie mycologique ?

– Oui, il est arrivé un peu avant 18 heures, juste avant que je ne parte moi-même. Nous avons fait le point sur la journée.

– Et ce matin ?

– Il était à son bureau lorsque je suis arrivée à 9 heures. Il préparait une réunion interne qu'il avait à 9 heures 30 avec le comptable et le trésorier, pour examiner la situation comptable du premier semestre. Ils ont terminé vers 11 heures. Il m'a alors demandé un café que je lui ai apporté.

– Comment était-il à ce moment-là ?

– Je n'ai rien remarqué de particulier. C'est quand, je suis allée toquer à sa porte vers 12h30 et qu'il n'a pas répondu que je me suis permise d'entrer et que je l'ai vue ... sur son bureau.... On aurait pu croire qu'il dormait... Quand j'y repense ! Bouhouhou.....

— Bien, merci Madame Leroy. Cette fois-ci, je vous libère. Vous êtes probablement la dernière personne à avoir vu votre patron vivant, alors...

— Oh ! ! ! Bouhouhou...bouhouhou... bouhouhou... bou...

— Merci, merci. Vous pouvez disposer.

Une fois la secrétaire partie, la commissaire pousse un grand soupir.

— Quelle pleurnicheuse cette Maria Callas quand même. Elle devait être sacrément amoureuse de son patron, lance -t-elle à son adjoint.

— Oui, c'est beau un amour comme cela.

— C'est beau, mais quand ce n'est pas à sens unique. Dans le cas qui nous préoccupe, je ne pense pas, tu vois, que cela était partagé. Je peux me tromper, mais, beau comme il était, notre cher directeur devait avoir des ambitions amoureuses tout autres. On va creuser de ce côté-là, car notre Callas a très bien pu tuer par dépit amoureux.

— J'ai quand même du mal à l'imaginer en empoisonneuse, avec son petit tailleur et son col Claudine impeccable, rétorque Paul Holo.

— Règle N1, mon p'tit Polo : Ne jamais se fier aux apparences. Comme le disait ce cher Oscar Wilde, beaucoup de gens ont l'air moins bêtes qu'ils ne sont réellement. Et puis, tu as dû apprendre que l'empoisonnement est à 90% une façon de tuer féminine, alors pourquoi pas Miss Callas ?

— Hum... De toute façon, on ne sait toujours pas s'il s'agit réellement d'un meurtre. Si les bénévoles et les salariés sont allés chercher des champignons pour leur conférence, ils ont très bien pu en prélever aussi quelques-uns pour leur consommation. Le directeur peut avoir ramassé par mégarde une amanite phalloïde et s'être empoisonné tout seul.

— Bien vu mon p'tit Polo, mais tu oublies que tu as à faire à des spécialistes qui connaissent mieux que quiconque la flore .... Pour te faire plaisir, nous n'écarterons pas tout de suite cette hypothèse même si je n'y crois pas un seul instant. Ça te va ?

— Euh... oui. C'est v...vous le patron !

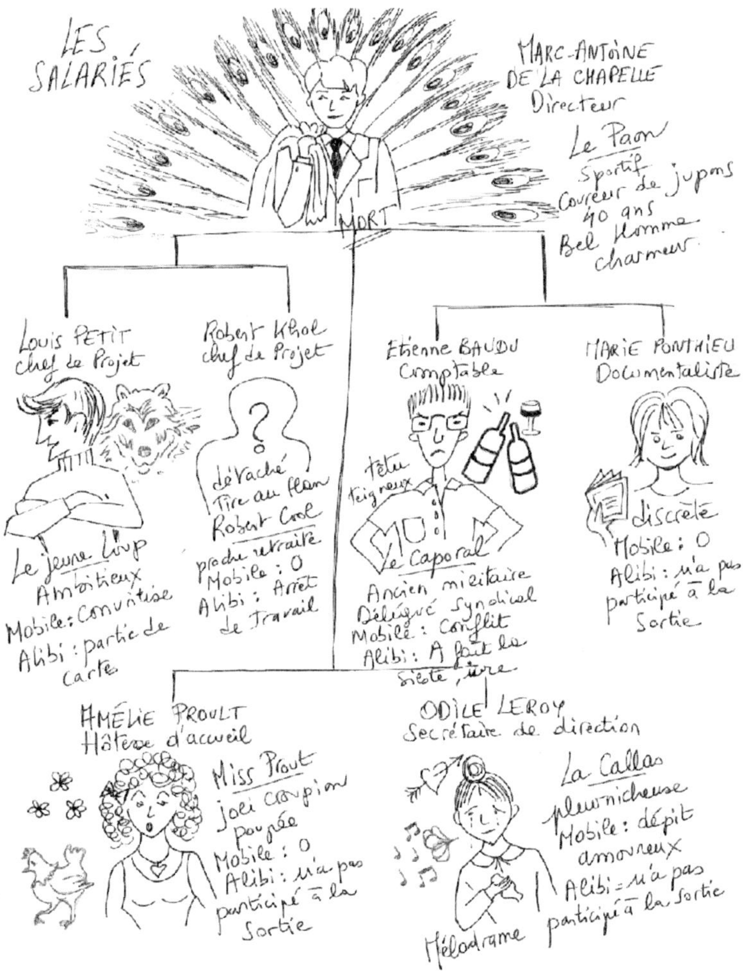
LES SALARIÉS
MARC-ANTOINE DE LA CHAPELLE
Directeur
Le Paon
Sportif
Coureur de jupons
40 ans
Bel Homme
charmeur
MORT
Louis PETIT
chef de Projet
Le jeune Loup
Ambitieux
Mobile: Convoitise
Alibi : partie de carte
Robert Khol
chef de Projet
déraché
Tire au flan
Robert Cool
proche retraite
Mobile : 0
Alibi : Arrêt de Travail
Etienne BAUDU
Comptable
têtu
teigneux
Le Caporal
Ancien militaire
Délégué Syndical
Mobile : Conflit
Alibi : A fait la sieste, ivre
MARIE PONTHIEU
Documentaliste
discrète
Mobile : 0
Alibi : n'a pas participé à la Sortie
AMÉLIE PROULT
Hôtesse d'accueil
Miss Prout
joli croupion
poupée
Mobile : 0
Alibi : n'a pas participé à la Sortie
ODILE LEROY
Secrétaire de direction
La Callas
pleurnicheuse
Mobile : dépit amoureux
Alibi = n'a pas participé à la Sortie
Mélodrame

Xavière

— Polo, vois auprès de Miss Callas qui est disponible pour un interrogatoire. J'aimerais commencer par la secrétaire générale, Xavière Barani.

— D'accord Patronne ; j'y vais.

Cinq minutes plus tard, l'assistant revient, accompagné de l'administratrice.

— Asseyez-vous en face de moi, Madame Barani, s'il vous plaît. Parlez-moi d'abord un peu de vous. Vous m'avez déjà dit que vous faisiez partie du conseil d'administration depuis cinq ans ; est-ce bien cela ? Et devant le hochement de tête approbateur, la commissaire poursuit :

— Quelles motivations vous ont poussée à vous investir, en tant que bénévole, dans cette association ?

La secrétaire générale, fière d'avoir la parole et pouvoir parler d'elle, ajuste les manches de son tailleur et se redresse sur son siège. Son chignon et ses cheveux grisonnants la font paraître certainement plus âgée. Son visage ingrat lui confère un air sévère. Tout à l'inverse d'Odile Leroy, la secrétaire éplorée, Madame Barani affiche un sang-froid et un détachement remarquables. Son visage ne laisse apparaître aucune émotion. Elle s'exécute en parlant de son travail en tant que directrice d'une célèbre maison d'édition, spécialisée dans les ouvrages scientifiques. En vue de sa retraite, partielle depuis maintenant deux ans, elle s'est investie dans l'association afin de rester active.

Elle raconte qu'ayant participé en tant que simple auditrice à plusieurs colloques organisés par l'association, elle avait apprécié la qualité des interventions ainsi que l'organisation et avait été impressionnée par l'intérêt des sujets abordés.

— Le colloque international sur les futurs usages industriels des plantes m'a particulièrement plu. Des néerlandais sont venus expliquer comment ils arrivaient à fabriquer du plastique non toxique à partir uniquement de végétaux, un plastique suffisamment bon marché pour concurrencer le traditionnel polyuréthane.

— On imagine facilement que cela représente du potentiel, car le plastique est désormais partout, dans nos vies.

— Vous ne savez pas si bien dire, Madame la Commissaire. Presque tous les produits courants sont fabriqués au moins en partie ou emballés dans du plastique. Cela représente une production annuelle mondiale de trois cents millions de tonnes et 99% de ce plastique est encore fabriqué à partir de pétrole ou de gaz.

— Quand on pense que la majorité de ce plastique se retrouve quelque part sur la planète, dans une décharge, au fond des océans... et va mettre des centaines d'années à se dégrader.

— Cela peut même aller jusqu'à mille ans pour une bouteille plastique ! C'est un problème qui concerne tout le monde. Tant que les déchets n'étaient qu'organiques, cela n'était pas un souci, mais aujourd'hui, ils contiennent beaucoup de matières résistantes et polluantes, voire toxiques. Et avec l'augmentation de la population, ce fléau risque de s'aggraver encore.

— Il me semble que la Chine qui, jusqu'à présent, nous servait honteusement de poubelle vient de décider de refuser nos déchets, n'est-ce pas ? Cela va nous obliger à nous saisir sérieusement du problème et je pense que ce n'est pas un mal.

— Je partage votre avis, Madame la Commissaire. C'est bien dans cet objectif que l'on cherche à produire un plastique 100% biodégradable à partir de déchets végétaux par exemple. Les Italiens sont bien avancés sur le sujet. Ils vont y arriver.

— C'est rassurant en tout cas pour l'avenir de la planète. J'espère que ces chercheurs disposent des moyens financiers nécessaires et suffisants pour aller vite.

— Tout est une question d'intérêt économique, comme toujours. Savez-vous que l'élimination de nos déchets représente un coût de dix milliards pour la collectivité tous les ans ? Cela me semble suffisant pour justifier ce type d'investigation.

— Oui, c'est sûr.

— Ce qui m'impressionne encore plus, ce sont les résultats obtenus par des chercheurs américains qui extraient du caoutchouc à partir de salades.

— Comment est-ce possible ? Ils arrivent à fabriquer du caoutchouc de qualité suffisante pour fabriquer des pneus ?

— Eh oui, aussi incroyable que cela puisse paraître. Et c'est alors que j'ai eu un déclic. Je me suis dit qu'avec mon passé professionnel, je pourrais sûrement me rendre utile dans cette association. C'est ce que j'ai commencé à faire, comme simple bénévole et mon investissement personnel a fait que le président m'a remarquée et m'a proposé, un jour, de postuler au poste d'administrateur. J'ai été élue, à ma grande surprise, car aucun adhérent ne me connaissait alors. Le président m'a alors demandé si j'acceptais le poste vacant du secrétariat général. J'ai accepté bien sûr. C'était un honneur pour moi de travailler à ses côtés. C'est une personnalité reconnue dans notre milieu, vous savez, une référence internationale. Il est exceptionnel et on peut dire que c'est un grand visionnaire.

— Si j'ai bien noté, vous avez été élue une première

fois pour trois ans, puis réélue. C'est donc votre deuxième mandat.

— C'est exact.

— Alors, j'ai compris que vous gériez les affaires courantes et aviez la responsabilité hiérarchique du personnel. Comment les rôles se répartissaient-ils entre vous et le directeur ? Cela ne me paraît pas évident.

— Le directeur est là pour appliquer les décisions du conseil d'administration. Il est notre interlocuteur privilégié. Tout doit passer par lui, pour la répartition des tâches par exemple. Mais en ce qui concerne le recrutement, les évolutions de carrière ou la validation des jours de congés, c'est le président et moi qui décidons.

— Excusez-moi ; je n'ai pas trop l'habitude du fonctionnement des structures associatives, mais cela me paraît un peu flou, cette répartition des tâches. En fait, et en résumé, votre directeur ne décide de rien. C'est plutôt un chef d'équipe ou un bon lieutenant, quoi !

— Appelez-le comme vous voulez. Pour moi, c'était surtout quelqu'un qui ne savait absolument pas mener son équipe. Il n'avait aucune autorité. Il nous fallait remettre de l'ordre dans tout cela. Dès que je suis arrivée, en accord total avec le président, j'ai revu tout l'organigramme. J'ai fait progresser certains salariés sous valorisés bien que méritants et j'ai poussé vers la sortie les incompétents et les fainéants.

— Il y avait beaucoup de ... « fainéants » parmi le personnel ?

— Oh oui, plus que vous ne l'imaginez ! Il y avait un vrai laisser-aller. Vous vous rendez compte ? Tout le monde se tutoyait ; le directeur déjeunait avec le personnel ! Ce n'est pas comme cela que l'on peut se faire respecter.

— Ah oui ; je vois. Vous, vous êtes plutôt pour l'autorité et la séparation des classes ; c'est ça ?

— Ce que je constate, Madame la Commissaire, c'est que depuis que je suis là, tout fonctionne bien mieux. Les horaires sont respectés. Finies les pauses cigarette ! Plus personne ne traîne dans les couloirs.

— Moi, j'ai remarqué aussi qu'il n'y avait aucun sourire sur les visages et qu'il régnait une ambiance plutôt tristounette ici.

— Que dites-vous ? Les salariés ont des conditions de travail idéales. Tout le monde n'a pas la chance de travailler en plein Paris, à deux minutes du métro, dans des locaux magnifiques et climatisés depuis l'année dernière. Ils disposent même d'une salle pour déjeuner et d'un petit jardin privé s'ils ont besoin de sortir. Que leur faut-il de plus ?

— Hum. Parlons de vos relations avec votre ancien directeur. Quelles étaient-elles ?

— Strictement professionnelles. Je ne suis pas favorable au mélange des genres. On se voyait deux fois par semaine : les mardis et les jeudis, pour faire le point. Monsieur de la Chapelle avait un abord agréable, mais je me suis vite rendu compte qu'il avait une fâcheuse tendance à se disperser. Certes, il était dynamique et travailleur, mais ce n'est pas ce que l'on attend en premier d'un directeur. Il est là pour répartir le travail et surveiller que celui-ci soit bien fait. En plus, je n'aimais pas trop sa façon de faire du charme à tout le monde, enfin surtout aux femmes bien sûr. C'était ce que l'on appelle un bel homme, et il utilisait son physique sans scrupules.

Et la secrétaire générale, décidément inspirée par le sujet, poursuit :

— Je ne vous cache pas que nous n'étions pas en phase sur la stratégie à adopter. Lui voulait vulgariser à tout prix, pour permettre à tout un chacun d'accéder à la connaissance, disait-il. Alors que nous, les administrateurs, nous souhaitions nous rapprocher du milieu scientifique et de la recherche. C'était une différence de point de vue majeure et nous étions sans arrêt obligés de le recadrer.

— Et, avant lui ?

— J'ai moins connu, forcément, les prédécesseurs de Monsieur de la Chapelle, mais j'ai entendu dire que personne ne tenait vraiment la route.

— C'est vrai que les salariés ne savent plus travailler maintenant. Quelle tristesse ! complète la commissaire, adressant discrètement un clin d'oeil à son assistant. Vous est-il arrivé de vous disputer avec le directeur ?

— Disons que nous avions parfois des échanges un peu vifs, notamment sur la gestion du personnel. De toute façon, en cas de désaccord, il revient au président de trancher et ce dernier a toujours été de mon côté. Il sait bien qu'il vaut mieux être en bons termes avec les élus plutôt qu'avec les salariés.

— Qui a eu l'idée de cette conférence sur les champignons ?

— C'est Edmond Fuchs, le vice-président. C'est un sujet qui le passionne. On peut d'ailleurs dire qu'il est érudit dans ce domaine. Dans bien d'autres domaines aussi d'ailleurs.

— Comme ?

— Les bryophytes ...

— Les quoi ?

— Les bryophytes : les mousses, les sphaignes, des plantes terrestres qui ne possèdent pas de vrai système vasculaire.

— Ah ! Et en langage clair...

— Les bryophytes n'ont pas d'organes équivalents aux racines et qui leur permettraient d'absorber l'eau. D'ailleurs, en cas de sécheresse, ces plantes se mettent en état de survie ; elles deviennent marron la plupart du temps et renaissent lorsque la pluie arrive. Ce sont des plantes d'une résistance à toute épreuve, car, comme elles sont capables de se nourrir de l'atmosphère en captant tout ce qu'elles peuvent par leur surface aérienne, elles ont réussi à coloniser une grande partie de la planète. D'ailleurs, quand les terrils du nord de la France n'ont plus été exploités et qu'on a laissé la végétation sauvage s'y installer, ce sont les premières plantes qui y sont apparues. Elles se contentent de tellement peu pour vivre. Leur aptitude à la survie force le respect. Connaissez-vous cette anecdote canadienne ? Des bryophytes qui étaient restées prisonnières dans la glace pendant environ quatre siècles ont ressuscité lorsqu'elles ont été à nouveau exposées au soleil et à l'air. Vous imaginez ? On cite souvent les « mauvaises » herbes comme indestructibles, mais elles sont largement battues par les bryophytes.

– J'ai toujours été nulle en sciences naturelles à l'école. Ce que je préférais, c'était les mathématiques. Résoudre des équations, c'était un jeu pour moi, comme résoudre une énigme, vous voyez ?

La commissaire reprend son interrogatoire.

– Donc, Monsieur Fuchs était l'initiateur de la sortie, mais vous vous y connaissez tous un peu aussi en champignons, non ?

– Euh oui, enfin les élus. Le directeur aussi s'y connaissait, mais pour les autres, les connaissances sont basiques, voire nulles. On leur a demandé de nous aider, car nous avions peu de temps pour trouver les échantillons nécessaires à la conférence. C'est une matière première qui ne se conserve pas bien.

– Comment vous êtes-vous organisés ?

– Nous avions tous avec nous la liste des champignons à récolter, avec des photos pour les moins connaisseurs. De toute façon, un contrôle en fin de cueillette était prévu.

– Et réalisé par ?

— Edmond Fuchs et je l'ai aidé. Ceux qui le voulaient pouvaient emporter un second panier pour cueillir aussi des champignons comestibles. En ce moment, on trouve toutes sortes de cèpes : le cèpe de Bordeaux bien sûr, mais aussi le bolet rouge, le cèpe bronzé...

— Et qui a amené ce second panier ?

— Tout le monde, je crois. Cet été, il a fait chaud et il a bien plu. Cela aurait été dommage de ne pas en profiter. Ceux qui s'y connaissent sont partis seuls. Les plus néophytes ont travaillé en binôme. La cueillette a duré de 8h30 à 12h30. Ensuite, nous avions organisé un pique-nique. Madeleine Pinson, notre « mamie gâteau », est restée près du lieu de rendez-vous pour organiser le repas. Elle a tout prévu, comme d'habitude, jusqu'aux nappes et aux coussins pour s'asseoir. J'avoue que ce petit moment de détente à l'ombre d'un grand chêne a été vraiment très agréable. À 14 heures, nous avons entrepris de contrôler tous les paniers. Nous avons étiqueté et emballé individuellement les champignons cueillis. C'était préférable de le faire sur place, avant toute altération des champignons. Parfois, leur couleur évolue si vite qu'on peut avoir du mal à les reconnaître.

— Et ensuite ?

— Nous sommes partis vers 16 heures. Edmond Fuchs et le directeur sont passés au bureau pour mettre les paniers au frais. Les autres sont rentrés chez eux.

— C'est l'ingestion d'amanite phalloïde qui a provoqué le décès de Monsieur de la Chapelle ; nous en avons eu la confirmation. Comment expliquez-vous cela ?

— À l'amanite phalloïde ? Mais comment est-ce possible ? Monsieur de la Chapelle connaissait parfaitement ce champignon ; il est réputé comme étant le plus dangereux de tous les champignons. En plus, le panier destiné à sa consommation personnelle a été contrôlé comme tous les autres. Je ne comprends pas comment un tel accident a pu arriver.

— C'est ce que nous allons devoir expliquer. Est-ce que quelqu'un d'après vous pouvait avoir des raisons d'en vouloir à Monsieur de la Chapelle ?

— Vous ne soupçonnez quand même pas un acte malveillant ?

— Je me borne à envisager toutes les hypothèses, Madame Barani. Vous savez, dans la police, on applique des méthodes éprouvées pour procéder par élimination. C'est mathématique, comme les équations à deux inconnues. Un mobile et zéro alibi ? Vous êtes suspect. Donc je répète, qui avait intérêt à ce que Monsieur de la Chapelle disparaisse ?

— Euh... Je sais que notre directeur n'était pas en bons termes avec le comptable, Etienne Baudu. Disons que Monsieur Baudu a un caractère difficile. En tant qu'ancien militaire, on aurait pu l'imaginer très respectueux de la hiérarchie. C'était le cas au début, mais très vite, il s'est fait enrôlé par la CGT et depuis, il a des positions de syndicaliste un peu primaires, si vous voyez ce que je veux dire. Il est aussi assez têtu.

— Primaire et obtus ? J'ai hâte de rencontrer votre comptable. Et sinon ?

— Sinon... je pense à Anne-Charlotte van Tournel. Elle est administratrice et lorsque le directeur a été recruté, ils ont eu une aventure amoureuse. Notre président y a mis un terme en menaçant Monsieur de la Chapelle de le licencier en cas de refus. Lui a plutôt bien réagi, car je pense qu'il ne manque pas de jolies femmes à mettre dans son lit. Mais pour Anne-Charlotte, la pilule a été plus dure à avaler. Depuis qu'elle a perdu son mari, elle vit seule dans son grand appartement du 16e arrondissement. Elle a beau se donner des aires de bonne bourgeoise, bien sous tous rapports, je pense qu'elle en pinçait réellement pour ce jeune et bel homme. Il la changeait un peu de ses habituelles fréquentations, plutôt mondaines et guindées. Après, ce qui s'est passé réellement entre eux ? Je n'en sais rien. Mais peut-être lui en voulait-elle d'avoir accepté si facilement les injonctions du président ?

— Oui, ça peut se comprendre, acquiesce la commissaire. Je change de sujet. Vous ne fermez pas les portes de l'association, en marque de deuil ?

— Nous en avons discuté en bureau. Compte tenu de la conférence, pour laquelle nous affichons complet, et parce que nous sommes en plein bouclage de notre revue, nous ne pouvons pas nous permettre de fermer.

— Oui bien sûr, évidemment !

— Nous organiserons, malgré tout, une minute de silence en préambule du colloque. Je vous informe aussi que le bureau a également décidé de me confier l'intérim du directeur, le temps de procéder à son remplacement.

— Bon sang ! Vous n'allez pas un peu vite quand même ?

— Nous avons une réputation à assurer, Madame la Commissaire.

— Bien sûr, bien sûr. Je vous libère, Madame Barani. Merci pour votre collaboration.

— De rien. En retour, j'apprécierais que vous me teniez informée des avancées de l'enquête.

— Dans la mesure du possible, vous pouvez compter sur moi. Au revoir, Madame Barani.

— Au revoir.

À nouveau seuls dans le grand bureau, la commissaire et son assistant en profitent pour terminer de prendre des notes et débriefer.

— Quelle peau de vache, cette secrétaire générale, s'exclame la commissaire. Elle est plus froide qu'un glaçon. Et encore, un glaçon ça peut fondre ! Elle est méprisante, autoritaire, jalouse ... Je l'étranglerais avec grand plaisir et toi Polo ?

– A...Ah m...moi aussi. Elle me t...terrorise. Je vous préfère encore.

– Quoi ? ? ?

– Euh... Fa...façon de parler bien sûr.

– J'adore ! Si tu te mets à faire de l'humour, mon p'tit gars, on va bien s'entendre ! Bon, tu en penses quoi de tout ça ?

– Je p...pense que je n'aimerais pas travailler ici.

– Et à part ça ?

– B...Ben... je n'ai pas encore d'opinion.

– Bon. Si nous récapitulons, nous savons que le directeur était un homme dynamique, ayant du succès auprès des femmes, mais bridé sur le plan professionnel. La thèse de l'accident est plausible, je te le concède, mais je n'y crois toujours pas à moins que nous ne découvrions chez lui une tendance suicidaire. S'il s'agit d'un meurtre, nous avons pour l'instant, parmi les meurtriers potentiels, une amoureuse ignorée (La Callas), une amoureuse éconduite (la bourgeoise du 16e)...

– N...Nous avons aussi un c ...comptable en conflit.

– Exact.

– E...Et la s...secrétaire générale ?

–Je ne vois pas de raison de la ranger dans la liste des suspects bien que l'envie me démange. Quel serait son mobile ? Même si c'est une peau de vache, pour l'instant, je l'exclus ainsi que le président. Mais, lui, il faudra que nous ayons un entretien un peu plus fouillé ensemble. Il fait trop propre sur lui. Je n'ai encore jamais rencontré quelqu'un qui n'ait pas une part d'ombre à cacher.

Menaces de mort

— Viens ici Polo. On va se défouler sur le bureau du défunt. J'ai besoin de changer d'air. Tu as les clefs avec toi ? Prends ton appareil photo aussi.

— Oui Patronne.

Le bureau du directeur, bien exposé, est baigné de soleil, grâce aux grandes fenêtres donnant sur le petit jardin. Tout est resté exactement comme lorsque le corps a été découvert. La commissaire et son adjoint commencent la fouille, minutieusement. Chaque étagère, chaque tiroir jusqu'à la poubelle. Important les poubelles ! Elles sont le miroir de notre personnalité. C'est incroyable ce que l'on y trouve.

Deux heures après, le bilan est maigre, pour ne pas dire nul.

— Bon, nous allons nous attaquer à l'ordinateur et à son contenu. Peut-être aurons-nous plus de chance, déclare la commissaire. Tu sais s'il faut un mot de passe ?

— Oui. La secrétaire me l'a donné. C'est facile à retenir : delachapelle75.

— Tu parles d'un mot de passe ! N'importe quel fraudeur de seconde zone est capable de le trouver. Le secret défense n'est pas leur fort visiblement.

— Après tout, ce n'est qu'une association. Qu'aurait-il de si important à protéger ?

— D'après ce que le président m'a dit, cette association qui travaille sur des innovations technologiques plutôt avant-gardistes intéresse beaucoup de grands groupes industriels à la recherche de produits plus « propres », pour faire du greenwashing. Tu sais, cela leur permet de se bâtir une image d'entreprise respectueuse de l'environnement. Ça peut leur permettre de se dédouaner des saloperies qu'elles font par ailleurs. C'est possible qu'il y ait derrière tout cela de gros enjeux financiers.

Tout en discutant avec sa patronne, Paul Holo a ouvert la messagerie professionnelle du directeur et consulte ses messages. La lecture d'une centaine de mails n'ayant rien donné, la commissaire conclut qu'il est temps de passer à autre chose et décrète que son assistant continuera seul cette exploration informatique.

— Il a sûrement une messagerie personnelle. Trouvons-là. Peut-être aurons-nous plus de chance.

Effectivement, la messagerie personnelle est très vite trouvée et les mots de passe ayant été enregistrés dans l'ordinateur, l'accès y est immédiat.

— Parfait ! Voyons voir...

La messagerie fait apparaître une abondante correspondance amoureuse. Les expéditrices des messages ont toutes des noms évocateurs : petitcul@sfr.fr, néné94@orange.fr, hot@hotmail.com ...

— Quel chaud lapin, dis-moi. Il devait avoir une activité physique intense en dehors de son job. Et ça qu'est-ce que c'est ?

— On dirait un mail du comptable. Regardez l'adresse : Baudu@orange.fr .

— ça en a tout l'air. Que s'échangeaient-ils tous les deux ainsi ? Peut-être sont-ils gay...

Le contenu du message et de tous ceux reçus au cours des dernières semaines ne ressemblent en rien à une correspondance entre amants. Bien au contraire. On y lit des insultes réciproques comme si ces deux-là participaient à un concours récompensant l'insulte la plus violente.

— Tiens tiens, comme c'est intéressant. Si ce n'est pas

une menace de mort, ça, je veux bien entrer dans les ordres et me faire bonne sœur ! Écoute-moi ça, Polo : « ...Tu la ramènes comme un paon qui fait la roue avec sa grande queue, mais bientôt, ta jolie queue à toi, elle ne te servira plus à rien. À moins qu'en enfer ? ? ? Ah Ah Ah ! ! ! » et celui-là : « Ne fais pas trop le malin, tu pourrais bien le regretter et beaucoup plus vite que tu ne l'imagines. Je te prépare une belle surprise..." Et il y en a plein d'autres visiblement. Leurs joutes par mail interposé durent depuis un certain temps, dirait-on.

— A...Ah oui, quand même ! Ils entretenaient de sacrées relations ces deux-là.

— Oui, cela mérite un petit entretien avec ce cher comptable. Tu vas me le convoquer, Polo, mais auparavant, je t'invite à casser la croûte. Lire des poèmes me donne faim.

— A..Avec plaisir...

C'est au bar situé juste en face du siège de l'association que les deux policiers décident de se restaurer d'un gros sandwich et d'une bière mousseuse.

— F...Fameux ici les sandwichs. Mmm... Au moins, il n'y a pas que du pain !

La commissaire acquiesce tout en saluant d'un signe de tête la secrétaire générale qui vient d'entrer dans l'établissement, accompagnée d'un homme droit comme un piquet, le cheveu pas plus long qu'un petit millimètre, les lèvres fines et pincées de celui qui ne sourit jamais. À leur suite arrive un autre soixantenaire, beaucoup plus débonnaire dans son attitude, portant chaîne en or et gourmette. Quel drôle de mélange de genre, se dit la commissaire. Les trois individus se rapprochent.

— Madame la commissaire, je vous présente notre vice-président, Edmond Fuchs (le piquet) et notre trésorier, Patrice Lebault (le débonnaire). Je leur ai parlé de vous.

Dans un élan courtois, les deux hommes serrent la main des policiers.

— Enchanté, lancent-ils chacun leur tour.

— Bonjour Messieurs. Je suis ravie de faire votre connaissance. Nous serons amenés à échanger plus longuement ensemble. Peut-être cet après-midi d'ailleurs si cela vous convient.

— Nous sommes à votre disposition, chère Madame, répond dignement le piquet. Votre heure sera la nôtre.

— Bien aimable, répond la commissaire que ces politesses maniérées n'émeuvent pas. En attendant, je vous souhaite un bon appétit.

Tout en les regardant s'éloigner du coin de l'œil, la commissaire termine son demi et décrétant avoir suffisamment mangé, se lève pour régler son repas directement au comptoir. Sur le chemin du retour, elle lance à son adjoint :

— Tu as remarqué comme le vieil adage « on ne mélange pas les torchons et les serviettes » se vérifie à nouveau ? Dans ce bistrot, fréquenté par les bénévoles, il n'y avait aucun salarié de l'association. Je suis sûre qu'ils se retrouvent dans un autre restaurant du quartier.

— M... Moi, je les comprends. On n'a pas forcément envie de se retrouver avec ses patrons toute la journée y compris pour le déjeuner.

— Tu déjeunes bien avec moi, toi !

— M...Mais vous, ce n'est pas pareil. Vous pouvez être drôle, parfois et alors, on se marre bien.

— Hum...

Pas convaincue par la répartie de son adjoint qu'elle soupçonne de flagornerie, la commissaire rejoint son bureau, d'un bon pas.

— Tu me convoques Monsieur Baudu, le comptable ?

— B...Bien Patronne. J'y vais.

L'homme a le profil du salarié aigri et teigneux. De taille moyenne, le corps est sec, noueux. Coiffé à la brosse, en souvenir probablement de ses années sous les drapeaux, le comptable a de grandes lunettes en écaille, proportionnées au long nez crochu qui les porte, mais accentuant la forme du visage trop long et triangulaire comme une pioche. Le regard est sombre sous des sourcils épais et froncés, signe d'une contrariété évidente. Nerveux, Etienne Baudu se frotte le menton en galoche sur lequel s'accrochent quelques poils récalcitrants. À peine les salutations et présentations d'usage faites, l'interrogatoire porte rapidement sur les relations entretenues entre le comptable délégué syndical et le directeur.

— Vous n'aviez pas l'air de trop apprécier votre supérieur hiérarchique, je me trompe ?

— Non, en effet ; je ne vais pas m'en cacher. Je n'avais aucun atome crochu avec ce mannequin de pacotille qui s'intéressait plus aux femmes qu'aux progrès de la science. Si vous voulez mon avis...

— J'allais vous le demander ! Je vous en prie...

— Il a décroché cette place grâce à son nom à particule et son réseau, mais il n'était pas à la hauteur du poste. Aucun sens du management, aucun panache, aucune vision. Il n'a jamais pris la défense de son équipe. C'est quand même bien ce que l'on attendait de lui, qu'il soit un rouage entre les salariés et les élus. Au contraire, il était toujours du côté du conseil d'administration. En fait, il roulait pour lui ; un point c'est tout. Seule sa carrière l'intéressait. Ce ne sera pas une grande perte, croyez-moi. Il a même réussi à ce que des clans se créent dans l'équipe et il passait son temps à monter les uns contre les autres. Ça s'appelle « Diviser pour mieux régner », si vous voyez ce que je veux dire...

— Très bien, Monsieur Baudu.

— Quand j'étais sergent à l'armée...

— Ah oui, on m'a dit que vous étiez un ancien militaire à la retraite. C'est bien cela ?

— Oui. Il n'empêche que je suis obligé de travailler pour vivre correctement, surtout ici à Paris. Tout est hors de prix. Avec ces nouveaux crétins au gouvernement, on n'a pas fini d'en baver. Il ne faut pas se laisser faire sinon, ils vont nous sucer jusqu'à la moelle.

— Revenons à notre sujet de préoccupation si vous voulez bien. On nous a dit que vous étiez souvent en conflit avec Monsieur de la Chapelle. C'est exact ?

— Ouais.

— Les sujets de dispute concernaient-ils le travail, le droit syndical, un différent personnel peut-être ?

— ça dépendait les jours. Ça pouvait être les trois.

— Ah oui, quand même ! Nous avons trouvé des menaces de mort dans sa messagerie personnelle. Baudu@orange.fr, c'est bien vous ça ?

— Ouais.

— Vos messages sont très explicites et je dirais même imagés, fleuris... Vous aviez beaucoup de rancœur à son égard.

— De la rancœur ouais, mais pas au point de le tuer.

— Vous lui reprochiez quoi ?

— Quand il est arrivé, j'avais presque réussi à décider le président et son aréopage à ce que l'on se raccroche à une convention collective. Cela nous aurait amené certains avantages comme des jours de récupération supplémentaires, une grille de salaire pour limiter les décisions à la tête du client. Il a tout fait foirer, cet enc... Total, aujourd'hui, nous sommes toujours soumis au droit du travail le plus strict, sans aucun avantage. Inutile de vous dire que, me concernant, il a tout fait pour bloquer mon évolution. Quant à mes heures supplémentaires, impossible de me les faire payer. Il paraît que je les ai faites de mon plein gré, sans que personne ne me l'ait demandé. Donc, C'était pour convenance personnelle et non pour l'intérêt du service ! Vous le croyez ça ? Même les copains du syndicat n'ont pas réussi à m'aider. Ça m'a rendu furieux. C'est pour ça que je lui ai envoyé quelques mails de hargne.

— Que faisiez-vous lorsque l'on a découvert le corps et dans les heures qui ont précédé ?

— Alors, là. J'ai un alibi en béton, j'étais avec le commissaire aux comptes.

— Vous faisiez partie du groupe qui a effectué la sortie mycologique, n'est-ce pas ?

— Ouais. J'étais en binôme avec le trésorier, Patrice Lebault, car moi et les champignons ça fait deux. Je déteste ça.

— Vous n'avez rien remarqué de particulier lors de cette sortie ?

— Ben non. On est tous partis dans des directions différentes et on s'était donné comme consigne de se retrouver pour pique-niquer. Quand on est revenu, je crois bien qu'on était les premiers, Monsieur Fuchs a voulu contrôler nos paniers, mais Madeleine a décrété que le pique-nique ne pouvait pas attendre sinon ce seraient les fourmis qui se régaleraient. Alors, on a d'abord mangé et ce n'est que l'après-midi que les paniers ont été examinés.

— Je suppose que vous avez déjeuné tous ensemble et après, entre le repas et le contrôle des paniers, que s'est-il passé ?

— Oh, chacun s'est détendu à sa manière. Moi, je me suis installé à l'ombre d'un chêne et comme il restait du vin à finir, je me suis dévoué et je crois bien que j'ai fait une bonne sieste ensuite.

— Quelqu'un peut confirmer ce que vous venez de dire ?

— Je ne sais pas. Je dors en fermant les yeux, alors...

— Bon bon. Nous allons en rester là pour le moment Monsieur Baudu, mais nous serons amenés à nous revoir bientôt.

— Comme vous voulez; je n'ai rien à cacher. Je ne sais pas qui a fait le coup. En tout cas, je le remercie d'avoir éliminé cette vermine.

— Une dernière question : qui, à votre avis, avait intérêt justement à éliminer Monsieur de la Chapelle ?

— Je n'en sais rien, moi. Plein de monde : ses anciennes amantes éconduites comme la bourgeoise, Anne-Charlotte van Tournel ou celles qu'il ne voulait pas mettre dans son lit comme cette pleurnicheuse d'Odile Leroy, sa secrétaire. Et pourquoi pas Louis Petit ? Vous l'avez interrogé, lui ?

— Non, pas encore.

— C'est un petit merdeux. Il la ramène parce qu'il est ingénieur, mais il n'a jamais tenu un fusil, lui ! Il n'a jamais montré de quoi il était capable devant le danger. Ce jeune coq a les dents qui rayent le parquet. Il aurait bien voulu être calife à la place du calife. Vous devriez chercher de ce côté-là.

— Merci pour vos bons conseils, Monsieur Baudu.

À peine la porte refermée, Paul Holo se lâche :

— Q...Quelle haine dans sa façon de parler, vous ne trouvez pas ? E...Et puis, il a un sacré mobile. Pour moi, ce serait bien lui le coupable.

— Trop facile. Je pense que ce Monsieur, qui a l'air d'en vouloir à la terre entière, n'est pas dénué d'intelligence, ou a minima de bon sens. Il n'aurait pas accumulé toutes ces erreurs (les menaces de mort, les altercations verbales en public, le défaut d'alibi...) s'il avait voulu vraiment se débarrasser de son ennemi. Non, je pense qu'il faut chercher ailleurs. Nous allons, sur ses conseils, nous intéresser à ce Monsieur Petit...

Tout en résumant sa pensée, la commissaire remplit son

cahier d'annotations qu'elle seule peut comprendre. Elle complète à sa manière très personnelle l'organigramme de l'association. Ça l'aide à réfléchir, à mettre ses idées en ordre. Petit à petit, elle le sait, le puzzle va prendre forme, s'emboîter, jusqu'à lui fournir la pièce manquante, celle qui rendra tout lumineux, évident. Il y a encore du chemin à faire, mais résoudre une énigme est un jeu de patience et elle le sait bien. Elle referme son cahier sur cette interrogation pour l'instant sans réponse :

— Qui pouvait donc vous en vouloir à ce point, Monsieur de la Chapelle, pour passer à l'acte et vous faire passer ainsi de vie à trépas, dans la force d'un âge qui permet de croquer la vie à belles dents ? Qui donc ?

Voilà le loup

– Tu vas me trouver ce Monsieur Louis Petit, Polo. Pendant ce temps-là, je vais faire un petit tour aux toilettes.

Les toilettes sont à l'image des bureaux, luxueuses. Les grands miroirs renvoient une image flatteuse grâce à la bonne intensité et à la bonne orientation de la lumière qui évite d'accentuer poches, cernes et rides. Le parfum d'ambiance est de bon goût, pour une fois, et un bouquet décore le lieu. Même artificiel, il remplit son office de rendre l'endroit agréable. Pour une fois qu'on a envie de rester aux toilettes ! Sur le chemin du retour, la commissaire flâne un peu, histoire de s'imprégner encore un peu plus de l'atmosphère qui règne. La plupart des portes des bureaux sont fermées, comme si personne ne voulait voir personne. Quelle ambiance ! La seule porte ouverte donne sur la salle des photocopieurs, là aussi où se trouvent les réserves de papier et une petite machine à café.

Une porte s'ouvre. Paul Holo et un jeune homme en sortent. À la vue de la commissaire, ils s'approchent d'elle et Josiane Bombardier fait ainsi la connaissance de Louis Petit, ingénieur et chef de projet. De taille normale, l'homme a l'air nerveux, tout comme son collègue comptable. Ses gestes sont vifs jusqu'au mouvement des yeux, toujours en alerte ; le débit des paroles est rapide. Louis Petit a le menton légèrement en avant et le nez long et pointu. Une houppette de cheveux, travaillée au gel, dégage son large front.

– Monsieur Petit, j'ai aperçu une machine à café dans la salle des photocopieurs. Pensez-vous que je pourrais avoir un petit café ?

— Bien sûr, suivez-moi.

Tout en dégustant sa boisson chaude, la commissaire en profite pour tout observer et poser quelques questions d'ordre général et d'apparence insignifiantes : comment font les salariés pour déjeuner ? Comment sont organisés les locaux ...

— Pour déjeuner, certains restent ici, mais la salle qui sert de cantine n'est pas équipée de fenêtres extérieures ; c'est glauque. Moi je préfère sortir. Avec quelques collègues, on va au Mac Do, pas très loin et quand il fait beau, il y a un petit square où on mange un sandwich. De toute façon, la pause ne dure qu'une heure. Ça passe vite.

— Vous me faites visiter votre bureau, Monsieur Petit ?

— Si vous voulez. Suivez-moi. Je partage mon espace avec Robert Khol. C'est l'autre chef de projet. Nous sommes deux et ce n'est pas de trop, vu tout ce qu'il y a à faire ici. Le problème, c'est que Robert est à nouveau en arrêt de travail. Il souffre d'insuffisance rénale, en plus d'une tendance à la dépression permanente, comme beaucoup de vieux célibataires, et il est régulièrement absent. Il faut dire qu'il est en fin de carrière et doit partir à la retraite l'année prochaine. Alors, il est, disons, plutôt détaché de tout. Bref, on ne peut pas trop compter sur lui. Et du coup, c'est moi qui fais tout le travail.

Le bureau, exposé au nord, est moins lumineux que les autres. Il est rempli de dossiers, revues agronomiques et botaniques, françaises et étrangères. Sur les murs, des cartes du monde ont été accrochées, mais aussi des posters scientifiques en anglais. Très impressionnants, ces schémas sont incompréhensibles pour les profanes.

— J'ai l'impression que c'est ici que tout se passe, que nous sommes au centre névralgique de l'association, non ?

Dans le mille ! L'ingénieur se redresse, la petite pointe de cheveux qui orne son front aussi.

— Exact, commissaire. Vous avez l'œil. Oui, c'est ici que se concentre tout le savoir de l'association. C'est moi qui analyse les travaux de recherche en cours, qu'ils soient français ou étrangers, et fais le premier tri de ceux qui méritent d'être suivis et médiatisés. Une fois par trimestre, je soumets mes propositions à un comité scientifique, composé d'adhérents qui travaillent tous dans des entreprises ou des organisations privées ou publiques. Nous ne retenons que les meilleurs sujets, dignes d'intérêt. Ensuite, nous décidons de notre niveau d'engagement. A minima, nous relayons les avancées et les résultats dans nos publications, mais pour certains, nous pouvons participer en apportant notre expertise.

— Intéressant. Quels sont les sujets sur lesquels vous intervenez en ce moment ?

— Nous intervenons dans plusieurs domaines, mais moi, ma spécialité, c'est la production d'énergie à partir des plantes. Les start-up européennes avancent à vitesse Grand V sur ce sujet d'actualité. Nous nous devons de suivre leurs travaux de près. Par exemple, au Pérou, les chercheurs ont réussi à récupérer l'énergie produite par les micro-organismes de la terre pendant que les végétaux font leur photosynthèse. Ils ont réussi à stocker cette énergie dans une batterie et l'ont restitué à une lampe LED. Jamais on n'aurait imaginé cela, ne serait-ce que dix ans en arrière. En Espagne, une équipe d'ingénieurs a même réussi à utiliser suffisamment d'énergie produite par un pot de fleurs pour recharger un smartphone.

— Il v...va f...falloir se promener avec son géranium, alors ?

— Vous pouvez rigoler, mais au Pérou où les deux tiers de la population n'ont pas accès à l'électricité, le prototype baptisé « Plantalampara » permet aux familles de s'éclairer pendant deux heures tous les soirs. C'est vrai que ça paraît anecdotique encore, mais pour eux, c'est déjà un progrès énorme et quand la technique sera maîtrisée, c'est un gigantesque potentiel économique qui s'ouvrira alors. Vous n'imaginez pas les conséquences économiques ! Il y a un sacré profit à faire pour les entreprises qui s'empareront de ces techniques en premier.

— Oui, j'imagine. Maîtriser ses ressources énergétiques a toujours été une préoccupation de nos gouvernements. Si cela peut nous aider à sortir plus vite du tout nucléaire !

— Vous avez raison, Madame la Commissaire, mais pensons aussi aux 20% de la population mondiale qui n'ont même pas accès à l'électricité.

— Bien sûr.

— Moi, ce qui me passionne le plus, ce sont les essais des Suédois. Un jour, que j'espère proche, ils vont réussir à faire capter l'énergie solaire par les plantes et seront capables de leur faire restituer. Ils ont déjà réussi à introduire des polymères synthétiques dans les vaisseaux du xylème, l'équivalent de nos artères si vous voulez et qui servent à véhiculer la sève des plantes. Aujourd'hui, ils ont déjà constitué un petit circuit électrique de dix centimètres.

— L...Les p...plantes vont s'éclairer comme des sap...pins de Noël ? ose Paul Holo.

— L'objectif c'est plutôt de faire en sorte que les plantes transforment l'énergie solaire en énergie chimique qu'il suffira ensuite de transformer en énergie électrique.

— Bien, reprend la commissaire. Je vous propose de poursuivre notre conversation dans mon bureau, si vous voulez bien. Cela me permettra de prendre quelques notes.

— Comme vous voulez. Je vous suis.

De retour dans le QG de la commissaire, l'entretien s'oriente sur les relations entre le jeune loup et son directeur.

— Oh, vous savez ; cela fait maintenant trois ans que je travaille ici. J'ai eu le temps de m'apercevoir que le management n'était pas le point fort de Monsieur de la Chapelle. Lui, ce qui l'intéressait, c'était de briller. Directeur d'une association prestigieuse ; ça en jette, n'est-ce pas ? Il excellait dans la représentation. Participer à des salons, des colloques, des inaugurations en tout genre, il adorait. Il adorait surtout les cocktails où l'on rencontre des tas de gens qui font tous semblant d'être importants. Tout ça pour cultiver son réseau, comme il disait. Par contre côté connaissances scientifiques, il ne tenait pas la route et il le savait. Il se gardait bien de s'aventurer sur ce terrain-là.

— ça, c'est votre domaine, si je ne me trompe.

— Ah oui. Sans prétention, tout repose sur moi, car Robert, mon collègue, depuis quelques temps déjà, il ne fait plus grand-chose. Il faut dire qu'ils l'ont pas mal démotivé en lui refusant toute évolution en quinze ans de présence dans l'association. Si vous assistiez à une réunion du comité scientifique, vous verriez tout de suite que celui qui mène réellement la réunion, c'est moi. Quand il participait, le directeur ne faisait qu'approuver les décisions prises par les membres. C'est pour cela que, quand j'ai demandé une augmentation de salaire et que j'ai appris qu'elle était refusée, je suis devenu furieux. Ce sont des chiens. Ils n'ont aucune considération pour le travail réalisé. Mais, les élus, ça tourne. Bientôt, il y aura un renouvellement complet du conseil d'administration et des nouvelles têtes vont rentrer. Ça va changer.

— Finalement, vous auriez très bien pu tenir ce rôle de directeur et d'ailleurs, peut-être que, compte tenu des circonstances, les choses risquent d'évoluer en votre faveur.

— J'espère bien. Je serais tout de suite opérationnel. Je connais bien le fonctionnement de l'association ; je suis disponible ; je parle anglais couramment et j'ai maintenant un bon réseau de correspondants partout dans le monde. Et puis, le management, ce n'est pas compliqué. J'ai suivi des cours ; il y a des méthodes.

— Sûrement. Dites-moi, vous avez participé à la sortie mycologique lundi. Vous pouvez m'en parler ?

Le jeune ingénieur confirme l'organisation de la journée telle qu'elle a été décrite par les collègues et adhérents déjà interrogés.

— Comment était votre directeur ? Avez-vous remarqué quelque chose d'anormal dans son comportement ?

— Je ne vois pas.... Mais, maintenant que vous m'y faites penser.... Je l'ai vu avoir une petite altercation avec Pan pan.

— Pan pan ?

— Oui, Pierre Maupant. Ici tout le monde l'appelle Pan pan parce qu'il tire à bout portant sur tout le monde et en plus, il a la manie de répéter les choses deux fois. Alors, ce surnom lui va vraiment comme un gant, je trouve. C'est un bénévole administrateur, qui est dans l'association depuis une éternité, depuis bien trop longtemps, d'ailleurs.

— Pourquoi dites-vous cela ?

— Parce qu'il fait partie de ceux qui nous pourrissent la vie. Quand vous le verrez, vous comprendrez tout de suite. C'est le genre d'individu qui parle plus fort que tout le monde. On a l'impression qu'il en veut à la terre entière, qu'il a un compte à régler avec chacun d'entre nous. Il se complaît dans le conflit permanent. Autant dire que ça frittait souvent avec le directeur. Il lui reprochait à peu près tout. C'est sûr, comme il sait tout mieux que tout le monde ! Je ne peux pas le voir.

— Nous avions deviné. Et, d'après vous, au sujet de quoi se disputaient-ils ce jour-là ?

— Je n'en sais rien. J'étais trop loin pour comprendre

ce qu'ils se disaient, mais je crois que le dernier sujet de reproches que faisait Pan pan au directeur c'était sa façon de rédiger les procès-verbaux de conseil d'administration. Il les trouvait trop orientés à son goût. Alors, est-ce qu'il en remettait une couche ? Peut-être...

— Nous l'interrogerons. Et sinon ?

— Vous devriez vous intéresser à la bourgeoise, Anne-Charlotte van Tournel. Je suppose que vous êtes déjà au courant de leur aventure amoureuse ou sexuelle, je ne sais pas au juste, il y a quelques années ?

— Oui.

— Moi, je pense que la bourgeoise n'a toujours pas accepté la rupture. Rien qu'à la regarder lorsque nous jouions aux cartes, on voit bien qu'elle est restée accro à son directeur. Elle le regardait avec insistance, elle le collait. Il n'osait pas la remettre à sa place devant tout le monde, mais on voyait qu'il était passablement excédé.

— Vous pensez que Madame van Tournel aurait pu aller jusqu'à le tuer, par dépit amoureux ?

— Je n'en sais rien et ce n'est pas ce que j'ai dit. Je n'accuse personne. Après tout, c'est à vous de chercher.

— Nous sommes d'accord sur ce point, Monsieur Petit. Vous ne m'avez pas dit ce que vous aviez fait, au retour de la ballade.

— On s'est tous retrouvés pour le pique-nique de Madeleine et après, pendant le contrôle des paniers, j'ai joué aux cartes avec le directeur et la bourgeoise. Dès qu'on a eu le feu vert pour repartir avec nos paniers, on a tous levé le camp.

— Si j'ai bien compris, Monsieur Fuchs, aidé par Madame Barani, a contrôlé tous les paniers et a conservé ceux contenant les champignons destinés à la conférence. Les paniers que chacun a emportés sont ceux contenant les champignons destinés à la consommation personnelle.

— C'est ça, on avait chacun deux paniers différents. Les champignons, ça ne se mélange pas. Inutile de prendre des risques.

— Et ensuite, vous êtes directement rentré chez vous ?

— Oui, j'habite en Seine et Marne. Alors, franchement, cela ne valait pas la peine de retourner au bureau. Je serais arrivé au moment de repartir. C'était convenu comme cela avec le directeur. Seuls de la Chapelle et Fuchs, qui organisait la sortie, repassaient au bureau pour y déposer les paniers destinés à la conférence.

— Vous les avez mangés vos champignons ?

— Bien sûr, le soir même. Vous pensez, de si beaux cèpes ; ça vaut une fortune dans le commerce. J'en ai profité pour inviter ma copine à dîner.

— Et vous les préparez comment vous ? demande la commissaire dont la curiosité culinaire s'est subitement aiguisée. En dehors de la traditionnelle préparation à base d'ail et persil, je ne connais rien d'autre.

— Alors moi, je trouve vraiment dommage de couvrir le goût délicat des cèpes en ajoutant des ingrédients si forts et typés qui font que, quoique vous mangiez, tout est bon, mais tout se ressemble. Tenez. Un jour, j'ai tenté l'expérience de servir des escargots, mais en remplaçant quelques mollusques par des pleurotes. Ce sont des champignons comestibles qui poussent en grappe, sur les arbres morts et qui n'ont pas un goût très prononcé. On en trouve assez facilement, dans notre région. Mes invités n'y ont vu que du feu ! L'ail et le persil feraient avaler n'importe quoi.

— Ce n'est pas faux. Donc, pour vous, Monsieur Petit, vous faites partie des puristes qui disent qu'il ne faut rien ajouter aux champignons ?

— Juste un peu de beurre, une fois leur avoir fait rendre leur excès d'eau. C'est tout.

— Vous avez mangé tout votre panier de champignons et ni vous, ni votre copine, n'avez été malades. À votre avis, est-ce possible que Monsieur Fuchs se soit trompé et qu'il ait laissé passer un champignon vénéneux dans les paniers destinés à la consommation ?

— Franchement, je n'y crois pas un seul instant, car c'est un des meilleurs spécialistes. Si lui ne les identifie pas, personne ne peut le faire. Il ne se contente pas de juger la récolte globalement. Il étale l'ensemble sur la table pour examiner chaque champignon individuellement et même s'il les reconnaît dans la demi-seconde. Et puis, de la Chapelle les connaissait bien aussi, même s'il n'était pas au niveau de Fuchs. Jamais il n'aurait pris le risque de ramasser un champignon douteux.

— Et ce Monsieur Maupant qui, d'après vous, était en conflit avec Monsieur de la Chapelle, ou l'amoureuse éconduite, Madame van Tournel, auraient-ils pu contaminer le panier du directeur ?

— Comment voulez-vous ? Une fois rentré de la cueillette, on disposait nos paniers, étiquetés avec nos noms, dans la camionnette de l'association et Monsieur Fuchs en gardait les clefs. Plus personne ne pouvait alors y accéder. Non je ne vois pas.

— Bien. Je vous remercie pour votre collaboration, Monsieur Petit.

Une fois seuls dans leur grand bureau, la commissaire et son adjoint peuvent prendre quelques notes et débriefer.

— Quel panier de crabes ici. Tout le monde suspecte tout le monde et la moindre des remarques que l'on peut faire, c'est qu'ils n'ont pas trop l'air de s'apprécier les uns les autres. Ça me fait des frissons dans le dos.

— M...moi aussi. Ça nous fait déjà un p...paquet de suspects.

— Oui, pour une fois on a du choix, mais il va falloir

faire un peu de tri quand même. On ne peut pas tous les accuser. De toute façon, pour l'instant nous n'avons strictement aucune preuve, même pas l'arme du crime. On a une pléthore d'assassins potentiels et de mobiles, divers et variés ; c'est tout.

— C'est...c'est peu...peut-être... un cr...rime co...ollectif ?

— Tous ensemble pour tuer le directeur ? Et chacun pour des raisons différentes ? Tu sais que, quand tu veux, Polo, tu as de sacrées idées ! Je te promets de méditer le sujet. Un peu de méthode va nous aider à avancer. Du côté des salariés, nous avons interrogé tout le monde, il me semble.

— Heu...n...non. Nous n'avons pas vu l'autre chef de p...projet, R...Robert K...khol ni la docu...docu...

— Documentaliste ?

— O...oui, M...Marie P...Ponthieu, je crois.

— Alors, concernant Robert Khol, j'ai noté qu'il était en arrêt de travail depuis un certain temps, pas mal absent, cool, et à deux doigts de la retraite. Franchement, sans le connaître, je ne l'imagine pas en assassin. Quant à la documentaliste, Marie Ponthieu, elle n'a pas participé à la sortie mycologique. Alors même si elle était, elle aussi, tombée sous le charme ravageur de son directeur dopé aux testostérones, je ne pense pas qu'elle puisse faire partie de la première liste des suspects. Pour l'instant, si je résume, nous avons, en dehors du mort, six salariés. J'en mets de côté trois : Robert Khol, absent depuis longtemps pour maladie, Marie Ponthieu la documentaliste qui n'a pas participé à la sortie et Amélie Prout, heu...Proult, pour laquelle je ne vois pas de mobile apparent, mais il faudra quand même qu'on l'interroge demain. Je pense qu'à cette heure-ci, elle doit être partie.

— S...si v...vous voulez, j...je p...peux m...m'en ch....

— Charger ? Oh, mais dis donc mon petit Polo, tu n'aurais pas un petit faible sur ce joli croupion ?

Attention ! Rappelle-toi tes cours. Règle N°1 : ne jamais tomber amoureux d'un suspect potentiel ni d'une victime d'ailleurs. Un bon conseil si tu veux faire de vieux os dans la police : fais bien le distinguo entre vie privée et vie professionnelle.

— C'est q...que la vie professionnelle prend t...tellement le pas sur la vie privée !

— Bienvenue au club des célibataires de la police ! Bon, c'est d'accord, tu l'interrogeras demain, conclut la commissaire dans un demi-sourire.

— Il nous reste trois suspects possibles.

— Exact. Au moins, on t'a appris à compter à l'école de police ! Il nous reste Louis Petit, le jeune loup, dont les dents rayent le parquet et qui se verrait bien diriger l'association mieux que quiconque. Nous avons aussi le comptable, Etienne Baudu, un ex-militaire en conflit syndical permanent avec le directeur. Son ancien métier a dû l'habituer à dégager sans état d'âme les obstacles sur sa route. Et enfin, il nous reste Odile Leroy, la Callas du secrétariat, amoureuse éplorée.

— E...Elle aurait tué par d...dépit ?

— Pourquoi pas ? Cette cantatrice ratée vit dans le mélodrame permanent, avec une mère qui ne doit rien lui passer. Elle est au bord de la dépression. Ça se voit. Et dans ce cas, elle a pu péter un câble. Je ne l'exclus pas.

— M...Mais, c'est comme s...scier la branche sur laquelle on est assis. Ça ne règle pas le p...problème. Moi, à sa place, si je l'aimais vraiment, j'aurais cherché à lui parler pour lui faire comprendre mes sentiments...

— Règle N°1 mon pt'it Polo : Ne jamais penser à la place d'une femme. On est sûr de se tromper !

La commissaire s'accorde quelques instants de réflexion, après cette première synthèse, et reprend.

— Nous y voyons plus clair du côté des salariés. Il

faut nous attaquer maintenant aux élus. Tu vas me les convoquer demain, Polo, mais ce soir, on va aller visiter l'appartement du défunt. Il habite où déjà ?

– C...Ce n...n'est pas loin d...d'ici. Dans le 7e, r...rue Saint-D...Dominique.

– Parfait. Allons-y.

Rue Saint-Dominique

Le quartier où habite le directeur est plutôt du style bon chic bon genre. Dans ce quartier d'immeubles cossus, où se trouve un grand nombre de ministères, règne un calme apparent. Les rares boutiques ne suffisent pas à attirer la foule. Elles n'en ont d'ailleurs visiblement pas l'objectif, à regarder les prix exorbitants affichés dans les vitrines.

Une grande porte noire, lourde et massive, accueille nos deux visiteurs. Ce premier barrage franchi, ils s'adressent à la concierge afin qu'elle les fasse entrer dans l'appartement du défunt et leur serve de témoin. Ce sera l'occasion de l'interroger sur les habitudes de son copropriétaire. Une petite dame, probablement d'origine portugaise ou espagnole, la soixantaine, portant tablier et gants, le chiffon à la main, est en train d'astiquer les décorations en cuivre du hall d'entrée.

— Monchieur de la Chapelle ? Il loui ech arrivé quelque choche, vous me dites ? [1]

Et devant les yeux ronds et grands ouverts de la brave dame aux oreilles fatiguées, la commissaire s'efforce de minimiser, tout en haussant la voix.

— Il a eu un petit problème. Ne vous inquiétez pas. On va jeter un coup d'œil dans son appartement, car une enquête est ouverte. Cela nous permettra de récupérer les coordonnées de la famille pour la prévenir. Parlez-moi de lui, chère Madame ; vous avez l'air de bien le connaître.

— Vous penchez. Moi, chela fait trente ans que ch'habite chette loge. Che les vois touch passer touch les jours,

---

1. *Monsieur de la Chapelle ? Il lui est arrivé quelque chose, vous me dites ?*

pluchieurs fois par jour même. Che leur apporte le courrier et pour chertains, che fais un peu plouch. Mais Monchieur de la Chapelle ne m'a jamais rien demandé de particulier. Chela ne veut pas dire que nous avons de mauvaiches relations. Au contraire, toujours oun petit bonjour et des étrennes au Nouvel An. Chi tout le monde faichait comme lui ! Che n'est pas parce qu'ils habitent oun coin chic du 7e qu'ils chont généreux. Au contraire ; chertains sont pingres comme che n'est pas permis. [2]

— Il reçoit beaucoup ?

— Ah cha oui, churtout des cheunes femmes, toujours très chélégantes. Pour cha, ch'est chour ; il a du goût. Il faut dire qu'il n'est pas mal non plouch, la peau toujours bronzée, bien coiffé, les couchtumes impeccables. Ch'est oun très bel houmme. Cha ne m'étounne pas qu'il ait autant de chouccès. [3]

— Il y a une femme, disons, plus régulière que les autres, dans celles que vous voyez passer ?

— Euh non, mais il y en a oune qui, à moun avis, le harcèle oun peu trop. Comment ch'appelle-t-elle déjà ? Che les chai entendus l'autre jour che dichputer. Il la menaçait d'appeler che ne chais qui chi elle n'arrêtait pas de venir chonner à cha porte. Che n'est pas honteux, cha, de la part d'une dame qui pourtant a l'air bien, auchi distinguée, avec choun petit chac Chanel ? [4]

---

2. *Vous pensez. Moi, cela fait trente ans que j'habite cette loge. Je les vois tous passer tous les jours, plusieurs fois par jour même. Je leur apporte le courrier et pour certains, je fais un peu plus. Mais Monsieur de la Chapelle ne m'a jamais rien demandé de particulier. Cela ne veut pas dire que nous avons de mauvaises relations. Au contraire, toujours un petit bonjour et des étrennes au Nouvel An. Si tout le monde faisait comme lui ! Ce n'est pas parce qu'ils habitent un coin chic du 7e qu'ils sont généreux. Au contraire ; certains sont pingres comme ce n'est pas permis.*

3. *Ah ça oui, surtout des jeunes femmes, toujours très élégantes. Pour ça, c'est sûr ; il a du goût. Il faut dire qu'il n'est pas mal non plus, la peau toujours bronzée, bien coiffé, les costumes impeccables. C'est un très bel homme. Ça ne m'étonne pas qu'il ait autant de succès.*

4. *Euh non, mais il y en a une qui, à mon avis, le harcèle un peu trop. Comment s'appelle-t-elle déjà ? Je les ai entendus l'autre jour se disputer. Il la menaçait d'appeler je ne sais qui si elle n'arrêtait pas de venir sonner à sa porte. Ce n'est pas honteux, ça, de la part d'une dame qui pourtant a l'air bien aussi, distinguée, avec son petit sac Chanel ?*

— Anne-Charlotte ?

— Quoi ?

— Elle ne s'appellerait pas Anne-Charlotte ?

— Peut-être bien oui. Quelque chouse comme cha. Vous chavez, che n'entends plous très bien et che n'ai plous trop de mémoire non plouch. Je vais chercher les clefs. Attendez-moi, ch'arrive. [5]

— Mon œil, soupire tout bas la commissaire à son adjoint. Elle a vraiment tout le profil d'une concierge parisienne. Tu as remarqué comment elle nous a détaillé de la tête aux pieds ? Elle voit tout ; elle entend tout. Tu peux me faire confiance. Ces gens-là, quand on les cuisine un peu, c'est une mine d'informations !

La porte de l'appartement s'ouvre.

— Je vous demanderais de ne toucher à rien, Madame, juste de rester là pendant que nous inspectons le lieu, déclare aussitôt la commissaire.

— Mais que cherchez-vous ?

— Rien de particulier, je vous l'ai dit. La routine.

Les deux policiers ouvrent et inspectent le contenu des quelques meubles qui ornent la pièce servant de salon. Avec ses murs blancs sans décoration superflue, le lieu, plutôt dépouillé, paraît assez froid. Aucun accessoire inutile ou fantaisiste ne perturbe le regard ; il n'y a pas de tapis, pas de fleurs, pas de petites bougies parfumées. C'est un lieu typiquement masculin.

— On...on dirait l'appartement de quelqu'un qui n'est là que de passage, s'hasarde Paul Holo.

— Exact. Ce n'est pas très chaleureux en tout cas et ça manque un peu de vie. À mon goût, ce serait mieux avec quelques chats et deux trois coussins, mais, nous ne sommes pas là pour refaire la décoration d'intérieur. Tu

5. *Peut-être bien oui. Quelque chose comme ça. Vous savez, je n'entends plus très bien et je n'ai plus trop de mémoire non plus. Je vais chercher les clefs. Attendez-moi, j'arrive.*

trouves quelque chose ?

— J...j'ai récupéré son ordinateur et un répertoire, un agenda personnel aussi. Et vous ?

— Tiens, tiens, mais c'est intéressant ! Dans ce grand tiroir, notre Appollon conserve de très nombreuses correspondances amoureuses, regroupées par paquet. Nous allons devoir emmener tout cela pour en examiner le contenu. Si tu es en panne d'inspiration pour ta copine, tu devrais trouver ici tout ce qu'il te faut, j'ai l'impression.

— I...Il va y avoir un peu de temps à p...passer !

— Oui. Je les prends. Il faut bien se répartir le travail ! Je vais inspecter la chambre.

Contrairement au reste de l'appartement, la chambre est en désordre. Le lit n'est pas fait et le volet est resté clos. Visiblement, l'occupant des lieux est parti rapidement, probablement en retard. L'air de la pièce n'a pas été renouvelé depuis un moment. Il flotte une odeur désagréable, écoeurante même. La commissaire ouvre quelques tiroirs et inspecte l'endroit rapidement, avec l'envie pressante d'aller respirer un bon bol d'air dehors. La main passée sous le lit attrape une petite culotte raffinée. L'étiquette porte la marque Chanel. La taille, du 38, impressionne la commissaire, nostalgique du temps où elle aurait pu rentrer dans ce tout petit morceau de dentelle délicate. Elle la glisse dans une pochette, dans l'éventualité où elle devrait retrouver sa propriétaire.

Un petit tour à la cuisine confirme que le dernier départ a été précipité. La table du petit déjeuner n'est pas desservie. Tout est resté tel quel. À la vue d'une tartine beurrée tombée au sol, le jeune assistant ne peut s'empêcher de constater très sérieusement que, comme d'habitude, la tartine est tombée du côté beurré.

— C'est inouï, ça. Jamais la tartine ne tombe de l'autre côté.

— ça ne risque pas.

— La malédiction ?

— Non Polo. La faute à l'Europe et à ses normes.

— ?... ? ? ?

— Je t'explique. Tant que les pieds des tables respecteront la hauteur imposée par la norme NF de 75 cm, les tartines tomberont toujours, tu m'entends, toujours, du côté beurré.

— Mais p...pourquoi ?

— C'est simple. La tartine beurrée tombe à une vitesse de plus ou moins 14 km par heure. Compte tenu de la hauteur de la table et de l'attraction de la terre, la gravité quoi, la tartine n'a mathématiquement pas le temps de faire un demi-tour.

— Alors, là... Vous m'en bouchez un coin !

— Je t'ai toujours dit que j'aimais les maths à l'école. Un jour, notre prof nous a fait bosser sur ce sujet et ça m'est resté. Il voulait nous prouver que les maths, ça sert dans la vie de tous les jours et il a réussi. Tu pourras la ressortir, celle-là ; elle impressionne toujours.

L'inspection terminée et la concierge libérée, les deux policiers se séparent, chacun emportant de quoi occuper sa soirée au cas où le film du soir serait un navet, et même dans le cas contraire d'ailleurs.

— S...super, déclare l'assistant, dans un soupir de consentement. Je n'avais r...rien prévu ce soir.

— Allez, à demain, mon Polo. Tu m'appelles si tu trouves de la dynamite ?

— C...comme d'habitude. À d...demain, Madame.

La nuit est déjà tombée. L'air reste doux, mais de plus en plus humide. L'automne s'est installé pour de bon, dans la capitale. Il faut s'y faire et se préparer à s'enfoncer progressivement dans la grisaille et le froid, et surtout les embouteillages que la pluie multiplie. Heureusement, il nous reste les subterfuges, rituels immuables, qui détourneront notre attention des désagréments de l'hiver : Halloween pour se faire peur, Noël pour rêver, la Saint-Sylvestre pour faire la fête, la Chandeleur pour retomber en enfance... Josiane Bombardier roule doucement, au rythme du flot de voitures qui contourne la place de la Madeleine. Elle en profite pour se remémorer le scénario de la journée ; elle a engrangé de nombreuses informations qui pour l'instant se stockent comme elles peuvent dans les méandres de sa cervelle. Elle sait que, comme à chaque fois, ces données vont se croiser, se bousculer, se contredire aussi. Certaines données vont vite s'effacer. Les plus pertinentes prendront le dessus et formeront petit à petit le chemin vers la vérité. L'expérience lui a appris à ne pas forcer les choses. À vouloir aller trop vite, certains détails peuvent vite glisser dans la catégorie des inutiles à éliminer. L'expérience lui a appris à ne jamais vider la corbeille trop vite !

Rue de Clichy, rue Caulaincourt, ce soir les voitures se traînent, mais au moins elles avancent. C'est déjà ça. Josiane pense à ses chats qui vont lui faire la fête à son arrivée. Ils seront, tous les deux, assis côte à côte devant la porte, comme deux bons petits soldats. Leur ouïe aiguisée aura reconnu le pas lourd dans les escaliers. Dès l'ouverture, Josiane aura droit à un concert de miaulements étranges, entre reproches et déclarations d'amour. Elle leur répondra d'un ton ferme que s'ils n'arrêtent pas immédiatement, elle ne leur donnera aucune friandise, tout en remplissant leur bol de leurs croquettes préférées. Elle les adore ces deux pestes tyranniques. Ces chats lui mènent la vie dure et ne lui laissent rien passer, mais elle accepte tout. Ce n'est pas parce que, dans son rôle de commissaire, elle doit représenter en permanence l'autorité solide, incorruptible et infaillible qu'elle ne se sent pas aussi, à l'intérieur, une femme fragile et sensible.

Dans son bocal montmartrois, de toute façon, elle peut laisser libre cours à ses fantaisies. Personne ne viendra l'observer et encore moins la juger.

Après avoir calmé aussi vite que possible l'ardeur de ses tyrans à poils, afin de rester en bons termes avec son voisinage, Josiane passe à l'étape suivante : le lancer de chaussures dans l'angle de l'entrée. Quel bonheur de libérer ses dix orteils confinés ! Jamais Josiane n'a trouvé chaussure à son pied et c'est peu dire. Elle les sent respirer et ça suffit à lui redonner la pêche. Après l'épluchage des couches vestimentaires devenues inutiles, Josiane, libérée telle la reine des neiges, se laisse tomber avec délectation dans son vieux fauteuil usé, après s'être servi un petit verre de rosé dans lequel elle va puiser une nouvelle fraîcheur. Elvis est avec elle. Sa voix susurre des mots tendres à son oreille. Il lui répète combien il l'aime, avec sa voix chaleureuse et de ça, Josiane Bombardier ne se lasse pas. Cette intimité virtuelle lui fait un bien fou. C'est comme si elle se trouvait dans un sas de décompression. Elle revient à la surface d'un monde bien réel, le sien, son univers.

Dix minutes plus tard (c'est le temps moyen nécessaire pour vider le verre), Josiane songe à calmer son estomac. Encore faut-il que la chose ait été anticipée et que le réfrigérateur ait les ressources suffisantes pour remplir une assiette. Les courses, qu'elle ne fait qu'une fois par semaine, comme on va par tradition à la messe, restent une corvée. Un jour, se promet-elle, Josiane s'affranchira de ses terribles habitudes et tentera l'expérience Internet. En attendant, les surgelés, les boîtes de conserve et les bocaux l'aideront à tenir jusqu'au jour des fameuses courses. Son imagination culinaire fera le reste.

Le sac rempli de correspondances est là. Il promet à Josiane une soirée bien remplie. Une bonne bouteille de Chinon ne sera pas de trop.

L'assiette vide, le verre à nouveau plein, il est temps d'attaquer. Les enveloppes sont rangées par paquets plus ou moins importants. L'examen rapide des écritures et des provenances fait comprendre à Josiane que notre Roméo classait ses correspondances selon les expéditrices. Belle organisation, mais dans quel objectif? Cherchait-il à augmenter son tableau de chasse, à diversifier sa collection ? Pensait-il un jour les recontacter ? Était-ce pour se souvenir lorsqu'il serait vieux et impuissant ?

– C'est bizarre comme comportement, pense la commissaire, et finalement assez immature. Voyons quel style de femmes il appréciait.

Josiane Bombardier se rend vite compte que Monsieur de la Chapelle aimait varier ses fréquentations. Il y a eu Barbara, la passionnée (*«T'aimer, c'est comme respirer; je ne peux pas m'en passer. Viens habiter dans mon cœur. Il est à toi désormais. J'aime la vie dans tes bras. J'aime te voir sourire. Je veux tout faire pour te rendre heureux : t'embrasser partout, te murmurer des mots doux, te caresser et s'il le faut, je ferai ton ménage, et sortirai tes poubelles. Je serai ton esclave et tu feras de moi ce que tu voudras... »)*, mais aussi Violaine, l'ardente excitée (*« Un jour je te manquerai et ce jour-là ce sera trop tard. Tu avais raison, tu n'es pas comme les autres, tu es pire. Je te déteste, je t'aime, je t'évite, je te parle, tu me manques. Je me consume de l'intérieur. Reviens-moi. Je suis trop impatiente. »)* ou encore Philippine, la littéraire qui fait parler les grands écrivains à sa place (*« Car, vois-tu, comme dit Rosemonde Gérard, chaque jour je t'aime davantage. Aujourd'hui plus qu'hier et bien moins que demain." À moins que tu ne préfères ces mots de Verlaine : « Voici mon coeur, qui ne bat que pour vous.")*, et aussi, Angélica, la poète (*« Tu es mon soleil. Qu'il est doux d'être aimé par toi, par ton âme. Notre amour seul triomphera ! »)*.

Josiane bâille de plus en plus régulièrement. Cette prose

rose n'a sur elle qu'un effet soporifique alors qu'elle espérait, sans trop se l'avouer, ressortir tout émoustillée de la lecture de ces correspondances.

– C'est affligeant, se dit-elle. Même pas de quoi rigoler !

Les lettres d'Anne-Charlotte van Tournel, d'abord enflammées, se parent ensuite d'indifférence pour vite devenir agressives, lorsqu'elle apprend la rupture. On peut y sentir comme une soif de vengeance.

« *Tu m'as donné le sentiment d'être spéciale, unique, puis tu m'abandonnes soudainement, ne te souciant plus de moi. Pourtant tu me disais que j'étais devenue indispensable dans ta vie. Un jour viendra où tu auras perdu le pouvoir de me faire de la peine...Tu ne compteras plus assez et tu te noieras dans ma plus grande indifférence.* » Puis le ton change : « *Je serais le poignard qui fera couler ton sang comme tu as fait couler mes larmes... Ah oui, tu as décidé de me jeter comme une vieille chaussette ! Pas de souci, tu viens de réveiller le démon qui sommeillait en moi, et sache une chose : l'heure de la vengeance a sonné et elle sera terrible. Tu ne sais pas à qui tu as affaire !* »

– Intéressant, intéressant, se dit la commissaire. L'entretien avec la bourgeoise du 16e paraît de plus en plus urgent.

Josiane essaie d'imaginer quel type de dragueur était ce bourreau des coeurs. Avait-il la classe d'un George Clooney ? Elle en doute. Elle cherche à comprendre sa personnalité. Si quelqu'un a cherché à le tuer, il a forcément une part de responsabilités. Pour mieux comprendre, Josiane puise dans ses souvenirs. Elle aussi a été draguée et en garde un sentiment contrasté. Quand elle n'était encore qu'une jeune stagiaire au poste de police de son quartier, elle en avait rencontré des mâles en quête d'aventures. La plupart étaient du genre goujat comme celui qui un jour, pour la séduire lui avait confié « *J'aime bien les filles comme toi, un peu grosses* ». Elle en était restée scotchée. Le pauvre s'était pris une gifle magistrale qui avait fait rire tout le commissariat, même les détenus en cellule que cela avait réussi à distraire pour un moment.

Ce qui l'énervait le plus, c'était les machos, sûrs de leur pouvoir d'attraction et qui ne doutaient de rien, surtout pas d'eux en lui déclarant tout de go « *Je sais que tu en as envie aussi* ». Ah oui, cela se voyait tant que cela ? Quel manque de psychologie féminine, Messieurs ! Ils n'avaient pas peur de l'échec. Ils savaient que pour quatre râteaux, ils obtiendraient une pelle. Cela faisait partie de leur jeu de dupe.

À bien y réfléchir, ces dragueurs maladroits avaient au moins la décence de réaliser l'approche de leur proie avec des mots. Parce que d'autres, les chauds lapins tactiles, ne s'embarrassaient pas de ces bases de la séduction classique. Ils allaient droit au but et souvent au bide, en affichant direct leurs intentions. Et ce beau belgo-russe, rencontré dans un bar à la mode de Saint-Germain des prés ? C'était un homme divorcé, intelligent et fin, de très bon niveau socioculturel, mais attiré par des femmes au fort tempérament qui ne pouvaient en aucun cas lui convenir sur du long terme, car il avait une peur panique d'être étouffé, voire aspiré par elles. Compliquée, l'aventure n'avait pas tenu longtemps.

Aucun de ces dragueurs n'arrivait à la cheville de Felix, finalement le seul vrai amour de Josiane, celui qui un jour lui avait fait le plus beau cadeau de sa vie, une merveilleuse petite poupée bouclée, braillant et gesticulant dans tous les sens. Elle avait donné tant de sens à la vie de Josiane, tant de sérénité aussi. Felix et Josiane avaient passé ensemble de longues années de bonheur, des années à se chamailler, à se retrouver... des années à s'aimer. Aujourd'hui, il lui manquait, lui et ses petites manies. Même son côté râleur...

Oui, tout lui manquait.

C'est sur ces pensées nostalgiques que démarre la nuit de Josiane, enfoncée dans son gros fauteuil club fatigué, entourée de ses missives, et de ses chats qui, ayant compris que tout se passerait là jusqu'au petit matin, avaient rappliqué dare-dare pour se caler tout contre leur maîtresse.

Au tour des bénévoles

— B...bonjour P...patronne ! Bien dormi ?

— Bonjour Polo. Tu parles ! J'ai dormi avec Cupidon qui me donnait des cours de séduction. Il s'acharnait à vouloir m'expliquer comment plaire aux hommes alors que je n'arrêtais pas de lui dire que je n'en avais rien à faire. Eh bien non, il continuait.

— Et il vous disait quoi ?

— Que je devais porter des talons hauts. Tous les hommes fantasment sur les femmes haut perchées, me répétait-il. Je devais raccourcir un de mes talons d'un centimètre pour avoir l'allure chaloupée qui donne la classe, mais je n'arrivais pas à garder l'équilibre. Alors, il a fait le tour du propriétaire : les seins qui piquent du nez, la culotte de cheval genre percheron, les courbes un peu trop courbes... il a eu beau chercher. Il n'a pas trouvé beaucoup d'artifices de séduction et il a fini par me déclarer inapte, en me disant que la seule chose que je pouvais essayer encore, c'était l'humour. C'est tout ce qui pouvait encore marcher. C'est là que je me suis réveillée.

— Tout ça ; c'est à cause de toutes les lettres d'amour que vous avez lues ?

— Tu m'étonnes ! Il y en avait pour tous les goûts. Impressionnant. En tout cas, une chose est sûre. Le directeur et sa bourgeoise du 16e se voyaient toujours discrètement, contrairement à ce que pensent le Président et son conseil d'administration. Ils avaient des relations bizarres. En tout cas, elle était accro. Tu me l'as convoquée ?

— O...Oui patronne, j'ai convoqué t...tous les élus que

vous m'avez dit v...vouloir interroger.

— Bien. Et toi ? Tu ne m'as pas donné de nouvelles hier soir. Tu n'as rien trouvé d'intéressant dans l'ordinateur portable du directeur ?

— N...non p...pas vraiment. M...mais, je n'ai pas fini.

— Ne me dis pas que tu t'es endormi sur le clavier.

— B...ben si. Mais, j...j'allais m'y r...remettre.

— Hum. Allons-y.

Quelques instants plus tard, les interrogatoires reprennent, méthodiquement. Anne-Charlotte van Tournel est la première à passer au crible des questions des deux policiers.

— Nous savons que vous entreteniez toujours une relation avec Monsieur de la Chapelle. Vous étiez très amoureuse de lui, mais celui-ci ne voulait plus de vous. Vous avez découvert ses nombreuses liaisons et, par dépit amoureux, vous l'avez tué. Avouez-le.

— Mais non, mais non. Jamais je n'aurais pu... Vous me prenez pour qui ?

— Pour une bourgeoise qui s'ennuie et qui cherche à pimenter sa vie. On en voit tous les jours, vous savez.

Tirée à quatre épingles, dans son petit tailleur Chanel bien ajusté, son sac Chanel assorti, ses bijoux Chanel, son chapeau Chanel et son parfum...Chanel probablement, Anne-Charlotte van Tournel ressemble à une publicité vivante et la commissaire se dit qu'elle pourrait se faire sponsoriser par la marque pour se promener toute la journée dans les rues de Paris, comme une espèce de femme-sandwich. Après tout, certains le font bien avec leur voiture ! Madame van Tournel a retiré ses gants pour moucher discrètement son petit nez délicat. Elle joue à la perfection le rôle de l'amoureuse éplorée.

— Vous allez rapporter notre liaison à Monsieur le Président ?

— Quel âge avez-vous, chère Madame ? La cinquantaine, non ? Vous n'arrivez toujours pas à assumer vos choix de vie ? Vous acceptez d'obéir au dictat d'un conseil d'administration qui entend tout régenter ? Mais à quelle époque vivez-vous ?

— Ne me jugez pas mal. Je sais que je n'ai pas les connaissances suffisantes normalement pour rester dans cette association. C'est mon mari, lorsqu'il était encore de ce monde, qui m'avait introduite et disons que cela m'a permis de cultiver mon réseau de relations avec le milieu de la cosmétique notamment. Je tiens à rester dans le comité scientifique pour conserver ces relations. Vous comprenez, dans ce milieu qui suscite beaucoup d'envieux, vous êtes vite remplacé. J'ai besoin de garder mon statut de membre éminent de l'association et pour cela il faut que j'en accepte les règles, même si elles peuvent parfois paraître strictes.

— J'avoue que cela me dépasse, mais admettons. Parlez-moi plus en détail de vos relations avec Monsieur de la Chapelle.

— Quand j'ai rencontré Marc-Antoine, au premier regard, j'ai été séduite. Sa façon de me dévisager ! De toute sa hauteur, il m'évaluait avec une apparente appréciation. Enfin, c'est comme ça que je l'ai interprété. Je me suis sentie tout à coup comme un objet précieux, exceptionnel. Jamais cela me m'était arrivé. Je me souviens en avoir eu la chair de poule. J'avais l'impression d'être toute nue. Dès ce moment, il a pris le pouvoir sur moi et j'ai vite, trop vite je le reconnais, répondu à ses avances. Oh, il avait le coup pour signifier son désir, tout en finesse. Il avait un sourire extraordinaire dévoilant ses belles dents et je n'avais qu'une envie : me laisser croquer. Son regard humide devenait très noir signifiant son excitation. Dans un élan protecteur, il posait délicatement sa main sur mon bras ou mon épaule. Je me sentais alors si fragile. Je n'avais qu'une envie, vous savez, c'est qu'il me prenne dans ses bras. Je suis sûre que vous comprenez, commissaire...

— Ouhhhh...

Anne-Charlotte raconte les rencontres discrètes, les regards et les gestes échangés furtivement ... L'interdit a pimenté et maintenu la relation, l'agrémentant d'une prise de risque excitante.

— D'accord, vous étiez amoureuse, mais vous étiez aussi jalouse. En le rejoignant à son domicile, vous avez découvert ses autres relations et cela vous a mise en colère. Et dans un moment de désespoir, vous l'avez tué.

— Mais non, non, non... Je préférais le savoir volage que le perdre. Un tel homme, je ne suis pas prête d'en trouver un autre. Autant partager ! De toute façon, vous savez, j'ai bien conscience de mon âge. Je savais que Marc-Antoine pouvait prétendre à mieux. Il n'avait qu'à lever le petit doigt pour qu'elles accourent toutes. Faire partie de son « harem » restait un privilège.

— C'est vrai que le partage est tendance : le covoiturage, le coworking, la colocation... pourquoi pas le coamour ! ça se défend, conclut la commissaire. Donc, vous êtes en train de m'expliquer que vous n'aviez aucune raison de vouloir le supprimer. Dites-moi quand même, puisque vous avez participé à la sortie mycologique, ce que vous avez fait au retour de la cueillette.

— J'étais en binôme avec Xavière Barani, la secrétaire générale, car je ne suis pas vraiment une spécialiste. Nous avons déposé nos paniers dans la camionnette de l'association après que Monsieur Fuchs les ait étiquetés avec nos noms, puis nous avons rejoint le groupe pour pique-niquer. Ensuite, pendant le contrôle des paniers, j'ai joué aux cartes avec Marc-Antoine et Louis Petit, l'ingénieur-chef de projet. J'avais proposé à notre brave Madeleine de l'aider à ranger le pique-nique, mais elle a décliné, préférant regrouper ses petites affaires seules. Quand nous avons pu récupérer nos paniers pour notre consommation personnelle, Louis Petit est aussitôt parti et moi j'ai attendu Xavière Barani pour qu'elle me ramène sur Paris. Nous avions décidé de faire du ... covoiturage.

— Vous vous entendez bien avec la secrétaire générale ?

— Et bien, disons que c'est une femme qui sait ce qu'elle veut. Elle a beaucoup plus de personnalité et de volonté que moi ; c'est sûr. Je pense que depuis qu'elle est arrivée ici, il y a eu une reprise en mains de l'organisation.

— De toute façon, si vous souhaitiez préserver votre place dans l'association, vous aviez intérêt à être en bons termes avec elle, n'est-ce pas ?

— Oui.

— Nous allons en rester là pour le moment Madame van Tournel. Je vous demanderais de bien vouloir rester à notre disposition.

— Vous... vous me soupçonnez ?

— Vous êtes sur la liste des suspects, mais comme d'autres. Ne vous inquiétez pas. Au revoir Madame van Tournel.

Une fois la porte refermée sur les effluves chèrement parfumées de l'amante vraiment éplorée, la commissaire et son assistant échangent leurs impressions.

— C'est dur pour elle d'accepter de vieillir. Elle fait partie d'un monde qui ne fait pas de cadeaux et n'accepte pas les plus faibles. Elle est seule, depuis la mort de son mari dont elle dépendait pour tout. Elle essaye de conserver son rang et sa place parmi ceux qui n'attendent qu'une chose : l'expulser de leur caste. Elle accepte tout pour que l'illusion de faire partie de l'élite continue, mais elle sait bien que tout cela est fragile. À part par jalousie, je ne vois pas son intérêt de tuer son amant. Il faisait partie des illusions qu'elle recherchait. Tu en penses quoi, toi ?

— J...je p...pense q...que c'est une pauvre femme finalement et qu'elle n'est pas heureuse. Mais, je ne pense pas q...qu'elle soit méchante au point de tuer.

— J'espère... Allez, continuons. Il nous faut boucler cette enquête avant la fin de semaine. J'ai promis à ma petite fille de l'emmener à la mer la semaine prochaine, pour les vacances de la Toussaint. Je n'ai pas envie de rater ça. Ils prévoient du beau temps ; ça va me faire un bien fou, avant d'attaquer l'hiver.

Alors que Paul Holo se lève pour aller chercher un autre élu à interroger, on toque à la porte. Sur l'invitation de la commissaire, celle-ci s'ouvre timidement. La tête ronde d'une dame tout aussi ronde apparaît.

— Excusez-moi. Je me suis dit que vous auriez envie d'une tasse de café et d'un petit morceau de gâteau. C'est du kouglof. Je l'ai fait hier soir. Ça vous donnera des forces.

— Entrez donc, chère Madame. Quelle bonne idée ! J'avais justement un petit creux. Vous tombez à pic. Asseyez-vous là. Vous vous appelez Madeleine, c'est bien ça ?

— Oui, Madeleine Pinson depuis que je me suis mariée avec Albert Pinson il y a quarante ans.

— C'est vous qui approvisionnez l'association en merveilleux gâteaux, toutes les semaines ?

— Euh oui. Vous savez, mes desserts ne sont pas toujours réussis !

— Je vous rassure, ils ont la réputation d'être très bons. On nous en a parlé !

— Vous me flattez, Madame la Commissaire.

Madeleine Pinson a préparé deux belles parts de gâteau et du café fumant, le tout servi sur un plateau orné de quelques fleurs, une délicate attention.

— Hum, c'est vrai q...qu'il est f...fameux ce gâteau ! arrive à dire l'assistant entre deux bouchées. Trop bon ! C'est quoi ?

— Du kouglof. C'est le gâteau traditionnel de ma région. Je suis alsacienne, de Colmar exactement. Chez nous, on le mange avec un petit verre de gewurztraminer. C'est encore meilleur. J'aurais dû vous en ramener.

— Ah, ça, c'est impossible. Notre religion policière nous l'interdit ! Mais je confirme. C'est un délice.

— Si vous voulez, je vous donnerai ma recette personnelle. Je me suis un peu émancipée de la tradition en faisant des mini kouglofs avec un cœur tendre de chocolat. Ça change et vous verrez, ce n'est pas compliqué à faire.

— Ah oui ? Ça m'intéresse. C'est une bonne idée en tout cas et ça doit plaire aux enfants. Mais, puisque vous êtes là, chère Madame, puis-je en profiter pour vous poser quelques questions ?

— Bien sûr, si je peux modestement vous aider.

— Quelles étaient vos relations avec Marc-Antoine de la Chapelle ?

— Très bonnes. C'était un homme charmant. Je sais qu'il était critiqué, mais, moi, je n'avais rien à lui reprocher. Il ne m'embêtait pas dans mes activités.

— Et vous vous occupez de quoi dans l'association ?

— J'aide à l'organisation des sorties et des conférences. C'est moi qui centralise les inscriptions par exemple. S'il faut réserver un car, trouver une salle, organiser une collation, je m'en occupe. Je travaille souvent pour Monsieur Fuchs, le vice-président qui gère tous les grands voyages à l'étranger. Mais moi, vous savez, je sers surtout de petites mains. Je n'ai pas beaucoup de responsabilités. Je fais partie du conseil d'administration parce que je suis adhérente depuis très longtemps. Les gens me connaissent et votent pour moi, la doyenne, mais je n'ai aucun pouvoir et je me garde bien d'en prendre. Je préfère ma tranquillité. Quand je viens tous les mercredis sur Paris, cela me permet de passer voir ma sœur qui habite dans le quartier. Ça suffit à mon bonheur.

— À votre avis, qui pouvait en vouloir au directeur ?

— Oh, vous savez, ici, c'est un peu un panier de crabes. Tout le monde avait plus ou moins quelque chose à lui reprocher ou était en conflit avec lui. De là à le tuer, je ne vois pas. Pour moi, vous faites fausse route. Il s'est tout simplement empoisonné par accident.

— Étant donné sa connaissance pointue des champignons et les contrôles stricts effectués par Monsieur Fuchs, je ne vois pas comment un accident a pu arriver. Pour moi, l'amanite phalloïde n'est pas arrivée seule dans l'assiette de Monsieur de la Chapelle.

— C'est affreux. Il a dû terriblement souffrir.

— Oui, je vous le confirme. Après l'hémorragie digestive, les reins ont arrêté de fonctionner entraînant une insuffisance rénale grave. L'assassin devait savoir que ce pauvre directeur avait en plus un foie malade, dû à une ancienne hépatite B, ce qui a accéléré le processus mortel. Il ne pouvait pas en réchapper.

— Une hépatite B ? C'est ce qu'on attrape quand on multiplie les aventures ... sexuelles, non ?

— Oui, cela peut être lié.

— ça ne m'étonne pas, alors. C'est qu'il les collectionnait les femmes. Enfin, c'est ce qu'on m'a dit.

— C'est vous qui avez organisé le pique-nique lors de la sortie de lundi ; c'est bien ça ?

— Oui, comme d'habitude. C'est toujours moi qui gère ces aspects d'intendance.

— Et vous n'avez rien remarqué de particulier ?

— Non. Tout le monde était comme d'habitude. Ni plus ni moins. Maupant était peut-être un peu plus grincheux que d'ordinaire, mais lui, il suffit qu'il se soit levé du mauvais pied, qu'il ait raté son train ou qu'un chauffard lui ait fait une queue de poisson pour qu'il en veuille à la terre entière. Dans ce cas-là, mieux vaut courber le dos et passer son chemin... Mais, à y réfléchir...

— Oui ?

— Et bien, il n'y a sûrement aucun lien, mais j'ai surpris une conversation un peu houleuse entre Marc-Antoine de la Chapelle et Patrice Lebault, juste avant que chacun ne parte de son côté, à la recherche des champignons. J'étais en train de décharger la voiture et ils ne m'ont pas vue.

— Patrice Lebault ?

— Oui, c'est notre administrateur trésorier. Vous le reconnaîtrez facilement. Il a des manières... disons...un peu maniérées, si vous voyez.

— des manières d'homosexuel ?

— Euh... oui... comme vous dites.

— Et que se disaient-ils ?

— Et bien, si j'ai bien compris, Patrice Lebault faisait du gringue au directeur en se montrant assez insistant et en évoquant certains moments... Je n'ai pas tout compris. Mais, j'ai eu l'impression qu'il y avait quelque chose entre eux, de pas très net.

— Comment était le directeur ?

— Pas à l'aise ; ça c'est sûr. Il devait avoir peur qu'on le surprenne.

— Hum. Il faut que nous rencontrions ce Monsieur Lebault, Polo, conclut la commissaire.

— C'est p...prévu, Patronne. Monsieur Lebault a été convoqué.

— Parfait.

— Avez-vous autre chose à nous dire, Madame Pinson ?

— Non, Madame la Commissaire.

— Bien, je ne vous retiens pas plus longtemps. Encore merci pour votre merveilleux kouglof, et n'oubliez pas ma recette !

— Oui oui commissaire. Je vous la ferai passer par la secrétaire. À bientôt.

La commissaire étend ses jambes et soupire.

— Plus on rencontre de personnes, plus on a d'assassins potentiels. Moins j'y vois clair. Cette enquête me fatigue, Polo. Il faut pourtant résoudre tout ça rapidement sinon on va encore devoir faire une croix sur notre week-end. Alors, on continue. Tu nous as prévu quoi maintenant ?

— Je vous propose de rencontrer Monsieur T...Taupin.

Paul Holo revient quelques minutes plus tard, accompagné d'un homme aux allures de vieux garçon. Il a l'air déguisé dans son gilet tricoté main, son pantalon en velours côtelé et son pull Jacquard. De quelle planète descend-il donc ? Son visage est occulté par d'immenses lunettes que l'épaisse monture alourdit encore. Les verres sont aussi épais que des loupes et malgré elles, l'homme a l'air de chercher son chemin.

— Bonjour Monsieur ...

— Taupin, Jean Taupin.

— Tenez. Asseyez-vous face à moi. Prenez votre temps.

— Merci Madame la Commissaire.

— Je n'irai pas par quatre chemins. Vous savez que nous enquêtons sur le décès suspect de votre directeur, Marc-Antoine de la Chapelle. Nous interrogeons l'ensemble des membres du conseil d'administration, par routine. J'ai besoin que vous me parliez de votre rôle ici et de vos relations avec le directeur.

— Oui Madame la Commissaire.

— Madame, cela suffira.

— Oui, Madame.

— Je vous écoute !

— Oui, oui, excusez-moi. Je suis membre de l'association depuis que j'ai obtenu ma licence en biologie végétale. C'est Maman qui m'a parlé d'ANUV. Un jour, elle a découvert les activités de l'association dans le journal et elle a tout de suite pensé que cela me plairait. Les plantes, c'est ma passion. Je poursuis une thèse à l'Institut International de Recherche, sur des programmes de valorisation des végétaux et sur mon temps libre, je me consacre à un sujet qui me tient vraiment à cœur, la chimie biosourcée.

— En quelques mots, pour ma culture personnelle, ça consiste à quoi ? interroge la commissaire tout en redoutant une présentation scientifique obscure et hermétique. Contrairement à ses craintes, son interlocuteur résume sa passion en quelques mots simples et au travers d'un exemple parlant.

— ça consiste à utiliser le végétal pour produire des matériaux. Ainsi, nous savons aujourd'hui fabriquer du caoutchouc, pour réaliser des pneus par exemple, à partir de simples salades.

— Ah oui, on nous en a parlé.

— Les Russes, eux, savent le produire désormais à partir de racines de pissenlit qu'ils ont modifiées génétiquement. Ils n'appellent plus cela caoutchouc, mais Taraxagum.

— D'habitude, le caoutchouc est produit à partir d'un arbre, c'est bien ça ?

— Oui, mais les Hevea, les traditionnels arbres à caoutchouc, sont menacés par un champignon très agressif et ses cours sur les marchés mondiaux fluctuent beaucoup. C'est la possibilité pour un fabricant comme Continental par exemple de réduire sa dépendance en termes d'approvisionnements. Dans un autre domaine, nous maîtrisons également la fabrication de peintures à partir d'algues ou d'huiles végétales... L'objectif est de se passer, à terme, des matières premières rares, coûteuses ou polluantes. Ici, je fais partie du comité scientifique. J'aide à l'élaboration des programmes et je fais un peu le lien avec le monde de la recherche. Mais, comme dit maman, je dois d'abord privilégier ma thèse et y consacrer la plupart de mon temps si je veux obtenir mon doctorat l'année prochaine. C'est difficile pour moi de choisir. Maman le sait.

— Hum. Et vos relations avec le directeur, quelles étaient-elles ?

— On n'en avait pas beaucoup. Je crois qu'il ne m'aimait pas vraiment.

— Qu'est-ce qui vous fait dire ça ?

— Je n'y vois pas très bien, mais suffisamment pour me rendre compte qu'il ne me regardait jamais. En fait, il m'ignorait complètement. À ses yeux, je ne représentais rien. Lui, ce qui l'intéressait, c'était tout ce qui brille, alors moi... Et puis, nous n'avions pas de centres d'intérêt commun. Les végétaux, il s'en foutait.

— Comment s'est passée la sortie mycologique ?

— Comme d'habitude. Rien d'extraordinaire. J'ai fait équipe avec Pan pan.

— Pan pan ? Vous voulez dire ... Pierre Maupant, c'est ça ?

— Excusez-moi. Oui, c'est le p'tit nom qu'on donne à Pierre Maupant parce qu'il a une fâcheuse tendance à flinguer tout le monde en permanence. Quand vous le rencontrerez, vous comprendrez. On a fait équipe, car, compte tenu de ma forte myopie, Monsieur Fuchs ne me laisse jamais ramasser seul les champignons. J'ai beau lui dire que j'y vois assez. Il ne veut pas. Je dois dire que faire équipe avec Pan pan, cela ne m'enchantait pas, mais je n'ai pas eu le choix. Après le déjeuner, Pan pan voulait faire des photos et il m'a demandé si je pouvais porter son pied et son réflecteur. Je n'ai pas osé dire non. Nous sommes revenus juste au moment du départ. Les paniers étaient prêts. Nous avons pris les nôtres et nous sommes rentrés avec Madeleine Pinson et Patrice Lebault, le trésorier. On habite tous à Paris.

— Vous avez mangé vos champignons ?

— Le soir même, Madame ; c'est meilleur. Maman était toute contente ; elle adore ça.

— Vous vivez avec votre mère ?

— Ben oui, pourquoi ?

— Pour rien, pour rien... Soupçonnez-vous quelqu'un qui aurait pu en vouloir au directeur, pour une raison ou pour une autre ?

— Je ne sais pas trop... peut-être le comptable. Ils n'arrêtaient pas de se chamailler.

— Il faut quand même une bonne raison pour tuer. Les chamailleries, c'est un peu léger.

— Oui, Madame. Excusez-moi. J'aurai bien dit Pan pan. Il le détestait. Je crois que cela en était devenu viscéral. Ils étaient tellement en opposition, sur tout. Ça en devenait vraiment pénible parfois. Il suffisait que l'un dise blanc pour que l'autre dise noir, vous voyez ce que je veux dire n'est-ce pas ?

— Très bien. Je n'ai pas d'autres questions à vous poser pour l'instant, Monsieur Taupin. Je vous libère et vous remercie pour votre collaboration.

— De rien, Madame. À votre service. N'hésitez pas ; si je peux me rendre utile...

Le scientifique myope sorti, la commissaire déclare à son assistant :

— Le jour où tu t'habilles comme ça, Polo, je te vire !

— P...pas de r...risques, patronne s'esclaffe Paul Holo. Je ne tiens pas à rester célibataire, moi ! Et com...

Des éclats de voix interrompent l'assistant. Que se passe-t-il ? Des coups retentissent sur la porte qui s'ouvre brutalement, laissant surgir un individu qui, manifestement, a l'air en colère. Très calmement, la commissaire l'accueille sans, malgré tout, prendre la peine de se lever de son fauteuil.

— Bonjour, Monsieur, que me vaut cette intrusion

intempestive ? Que se passe-t-il ?

— Bonjour. C'est vous LA commissaire ?

— Oui, je confirme. À qui ai-je l'honneur ?

— Je suis Pierre Maupant, administrateur.

— Et ?

— Et bien. Je tiens à manifester mon mécontentement. Oui, mon mécontentement.

— ça tombe bien. J'allais vous inviter à nous rejoindre. Vous étiez le prochain sur la liste des personnes que je souhaite voir aujourd'hui.

— Oui ben justement. C'est quoi cette façon de nous convoquer comme des malpropres ? Hier on m'a appelé en m'ordonnant de venir au siège aujourd'hui pour 9 heures précises, a-t-on dit, 9 heures précises ! Moi, Madame, je viens de Saint-Pol-de-Léon, dans le Finistère. Saint-Pol de Léon, vous connaissez, j'espère ! Inutile de vous dire que c'est une expédition à chaque fois que je dois venir à Paris. Je dois me lever aux aurores et je me tape en tout plus de quatre heures de transport. Ça me plombe plus que la journée, car la plupart du temps je suis obligé d'arriver la veille comme pour aujourd'hui. Et je ne sais même pas pourquoi on me convoque ainsi. Je n'ai pas l'habitude de recevoir des ordres et je peux vous dire que cela ne me plaît pas du tout d'autant plus que je poirote depuis 9 heures ici sans que personne ne m'informe de ce qui va se passer. Vous vous prenez pour qui ? Hein, vous vous prenez pour qui ?

— Bien. Alors, d'abord vous allez vous calmer. Je ne tiens pas à ce que vous fassiez un arrêt cardiaque devant moi et encore moins à devoir vous pratiquer le bouche-à-bouche. Asseyez-vous.

Pierre Maupant hésite quelques instants et finit par s'asseoir. Le personnage est de petite taille, plus large que haut, avec un ventre prédominant. Il se tient aussi droit que possible, cherchant peut-être à gagner les quelques centimètres qui le feraient se rapprocher de la normalité. Mal fagoté, il est aussi mal coiffé et sent le tabac froid. Très rouge de visage, il a le profil du sanguin qu'il vaut mieux ne pas trop exciter. La commissaire le sent prêt à dégainer, usant de son aplomb et de son verbe haut qu'accompagnent des tirs de postillons nourris.

– Si vous êtes administrateur, Monsieur Maupant, vous devez savoir pourquoi nous sommes là et pourquoi vous êtes en ce moment même devant nous.

– C'est à cause de cet enfoiré de de la Chapelle. Quelle idée de claquer ici ! C'est juste pour nous emmerder. De toute manière, cet incompétent n'a jamais rien fait de bon. J'ai dit au Président qu'il avait fait une erreur de recrutement. Au lieu de recevoir les candidats, seul avec sa secrétaire générale à la noix, il aurait mieux fait de me confier la responsabilité de trouver un vrai directeur. Moi, je sais faire. J'ai eu jusqu'à deux cents employés sous mes ordres. Le management, ça me connaît. Oui, ça me connaît.

– Je comprends. Vous êtes toujours en activité ?

– Bien sûr. Je suis consultant pour des grands groupes. Maintenant, je préfère travailler seul, en tant qu'expert. Les employés, ça m'emmerde. Ils ont toujours quelque chose à réclamer, un truc qui ne va pas, des problèmes dont on se demande où ils vont les chercher. Je n'ai plus envie de me prendre la tête avec ça. J'ai passé l'âge. Ça, c'est sûr, j'ai passé l'âge.

– Et vous êtes expert en ?

– Botanique. Au moins les plantes, ça vous fout la paix. La paix.

Le ton est sec. Si le personnage semble s'être calmé, il n'en reste pas moins un fond d'agressivité dans tous les propos de l'administrateur. La commissaire se dit qu'il doit en vouloir à la terre entière, peut-être même plus. Ce serait intéressant de connaître l'origine de ce qui paraît être un gros complexe difficile à vivre pour ce monsieur.

— Vous n'avez pas l'air d'apprécier votre ancien directeur.

— C'est le moins que l'on puisse dire. Il passait son temps à faire de la représentation, au lieu de bosser. Il était toujours en mode séduction. Avec son sourire Ultra Brigth, il s'y croyait. On aurait dit un paon qui fait la roue. Par contre, côté boulot, il y avait à redire. On ne lui demandait pas de rentrer dans la technique, ce dont il aurait été parfaitement incapable, mais simplement de gérer correctement l'association en appliquant les décisions des administrateurs. Ce n'est pas sorcier, non pas sorcier quand même. Mais il était incapable d'autorité sur son équipe, cette bande d'incompétents. Quant au côté financier, heureusement pour lui, l'association bénéficie d'un gros capital, bien placé depuis longtemps. Elle est à l'abri des difficultés financières pour de nombreuses années si on sait gérer cela correctement, mais vraiment correctement.

— Vous étiez en conflit avec le directeur ?

— Je n'hésitais pas à remettre en question ses méthodes. Mes remarques ne lui plaisaient pas. On peut dire que nous étions en conflit quasi permanent, oui quasi permanent. Mais, je vous vois venir. Non, ce n'est pas suffisant pour vouloir le tuer parce qu'alors j'aurais tué beaucoup de monde. Je me querelle aussi souvent avec Louis Petit par exemple. Je ne supporte pas sa façon péremptoire d'affirmer ce qui, la plupart du temps, se révèle être des inepties. Quant au comptable, Etienne Baudu, je lui reproche de passer plus de temps à exercer son rôle de délégué syndical que tenir les comptes de l'association. Je pourrais continuer, continuer…

— Non, merci, cela ira, Monsieur Maupant. J'ai compris.

Mais dites-moi, si ce n'est pas vous le meurtrier, qui aurait pu en vouloir au directeur au point de le tuer ?

— Oh je n'en sais rien, moi ! Plein de gens sûrement, à commencer par ses nombreuses maîtresses, très nombreuses maîtresses. Il paraît que c'était un chaud lapin et, dans ce cas-là, si on ne se sait pas gérer, il faut au moins savoir assumer.

— Intéressant. Et, au niveau de l'association ? Avait-il des maîtresses ?

— Plus maintenant. Nous y avons mis un terme vite fait. Nos dindes étaient toutes amoureuses de lui, mais du moment que cela restait platonique, tout ce qu'il y a de plus platonique...

— Mais, Monsieur de la Chapelle avait quand même le droit de faire ce qu'il voulait dans sa vie privée !

— Pas d'accord. Si cela impacte son travail, non, il ne peut pas faire ce qu'il veut. Et quand il a eu ce début d'aventure avec la bourgeoise, la van Tournel, ça a tout de suite posé des problèmes. Vous savez, sur l'oreiller, il se dit beaucoup de choses. Elle aurait pu lui lâcher des informations confidentielles qui ne regardent que le conseil d'administration. Vous imaginez les conséquences ? Vous imaginez ?

— Pas vraiment. Nous sommes dans une association, pas dans la sûreté nucléaire ou chez Dassault quand même. Ici, on parle de plantes, pas de politique ni de stratégie militaire !

— C'est parce que vous n'y connaissez rien ! Rien de rien !

— Gloups...

— Savez-vous ce que représente ne serait-ce que le marché de l'assainissement ? Rien qu'en France, c'est un chiffre d'affaires de près de 20 milliards d'euros que se disputent des grands groupes comme Veolia, La SAUR ou Suez. Ces noms-là, ça vous dit quelque chose quand même ?

— Euh, oui bien sûr. Je paie ma facture d'eau comme tout le monde.

— Et je ne vous parle pas de l'international. Alors là, les chiffres sont colossaux, plusieurs centaines de milliards d'euros ! Et pour une fois, les Français ne sont pas trop mal placés pour intervenir notamment sur des nouvelles niches comme la phytoremédiation. La phytoremédiation, ça vous parle ?

— De quoi s'agit-il ?

— On développe des solutions alternatives pour le traitement d'eaux usées d'origine collective, industrielle ou individuelle. Il s'agit de traitements biologiques utilisant des plantes dont les racines ont le pouvoir de dégrader les molécules polluantes... Dans les pays émergents ou à faible revenu, ces techniques représentent un potentiel énorme pour ceux qui seront les premiers à saisir le marché. Des PME françaises sont déjà sur le coup. Beaucoup sont sur le coup.

— Si je comprends bien, sous le couvert d'une association scientifique, votre structure intervient sur des sujets sensibles, avec des enjeux économiques de taille, d'où le soutien de grands groupes puissants.

— C'est à peu près ça.

— Mais c'est légal, ça ?

— Et pourquoi, cela ne le serait pas ? Pourquoi ?

— Euh, je ne sais pas moi, mais lorsque vous donnez votre position, le public s'attend, vu votre statut, à un avis neutre, en toute objectivité. Il me paraît évident que si des groupes commerciaux sont derrière, ils peuvent être amenés à influencer votre jugement, non ?

— Nous savons faire la part des choses et avons nommé un comité d'éthique, à ma demande d'ailleurs. J'en suis le responsable et j'assume mes responsabilités. Oui, moi j'assume.

— Bien bien. Changeons de sujet, Monsieur Maupant. Vous faisiez partie des membres de la sortie mycologique de lundi dernier ?

— Oui. Il n'y a pas meilleur que moi pour trouver des raretés. J'ai le flair pour ça. C'est toujours moi qui découvre les plus belles pièces, parfois des pièces exceptionnelles.

— Vous avec cueilli les champignons seul ou en tandem ?

— En tandem. On m'a collé dans les pattes ce bigleux de Jean Taupin. Il est myope comme une taupe. Sincèrement, aucun intérêt. Non, aucun intérêt. Il ne reconnaîtrait pas une chauve-souris d'une hirondelle. Il n'a fait que me ralentir, en se plaignant d'avoir mal aux pieds, d'avoir du mal à porter son panier... Quelle corvée ! C'est un hypocondriaque, mou du genou. D'ailleurs, c'est un vieux célibataire qui vit toujours chez sa mère. Même pour le service militaire, ils n'ont pas voulu de lui. Rien que cela, ça explique son côté mollasson et mal dégourdi, très mal dégourdi.

— Dites donc, vous aimez torpiller, vous !

— Grrrrr... Je râle parce qu'il m'a ralenti et que, sans lui, j'en aurai ramené bien plus des champignons. Bien plus.

— Comme tous les autres, je suppose, vous avez déposé vos paniers dans la voiture ?

— Oui. Fuchs, quand il organise une sortie, il ne laisse rien au hasard. C'est un ancien militaire, raide comme un piq...

Se rendant compte qu'il allait une nouvelle fois déblatérer, Pierre Maupant se ravise et coupe court.

— Qu'avez-vous fait ensuite ?

— Madeleine nous avait amené à manger. On a cassé la croûte et en attendant de récupérer mon panier, je suis allé prendre des photos pour compléter ma collection. Je possède plus de 10 000 images de végétaux, toutes identifiées et classées. J'avoue en être assez fier. Mine de rien, ça vaut un peu d'argent. J'espère bien un jour arriver à monnayer ma base. Évidemment, le bigleux m'a suivi. Il n'avait pas compris que le binôme c'était juste pour la cueillette et qu'après chacun reprenait sa liberté. Donc, je me le suis encore tapé un bon moment, jusque vers 16 heures, quand on a pu repartir enfin. Enfin.

— Vous êtes reparti comment ?

— Dans la voiture de Lebault, le trésorier, avec Madeleine et le bigleux. On est rentré sur Paris, il devait être 18 heures. Je n'avais plus de train pour rentrer chez moi. Alors j'ai dû aller à l'hôtel, une fois de plus. Je déteste dormir dans un lit qui n'est pas le mien et dans lequel plein de gens sont passés avant. Ce sont des nids à microbes et pas seulement le lit des chambres d'hôtel, mais aussi les télécommandes, les interrupteurs, sans compter les toilettes. Je me suis fait payer une boîte de lingette par l'association et je désinfecte tout dès que j'ai posé mon sac. Si vous m'interrogez sur la sortie à Fontainebleau, c'est que vous pensez que cela a un lien avec le meurtre, le soi-disant meurtre ?

— Pourquoi soi-disant ?

— Parce que c'est difficile à croire, quand même, que quelqu'un ait pu glisser une amanite phalloïde dans son panier. Il y avait suffisamment de spécialistes et tout était sous contrôle. Fuchs, pour ça, vous pouvez lui faire confiance. Et quand bien même quelqu'un aurait réussi à le faire, de la Chapelle aurait reconnu le champignon mortel. Il était formé pour cela. Franchement, ça ne tient pas la route. Non, ça ne tient pas la route.

— C'est quoi, alors, votre explication ?

— Je n'en ai pas ; ce n'est pas moi le spécialiste des enquêtes. C'est vous. N'inversons pas les rôles. Et faites votre job !

— Merci de me rappeler ainsi mes obligations. Je m'y emploie, soyez-en assuré, Monsieur Maupant. Je vous libère. Merci de vous être invité au bon moment dans mon bureau. Cette conversation aura été, pour ma part, fort intéressante.

Gonflant la poitrine, Pierre Maupant prend congé, soulagé d'avoir pu libérer un peu de son fiel et pressé de rentrer dans sa campagne bretonne.

Son départ libère toute la tension accumulée dans la pièce dès son arrivée. La commissaire se lève et ouvre l'une des grandes fenêtres pour faire rentrer un peu d'air frais dans la pièce polluée par tant d'ondes négatives. Elle ressent comme un trop-plein de forces nuisibles. Tous ces gens qui se détestent ! Mais comment peuvent-ils vivre dans cette animosité permanente ? Ceux qui travaillent n'ont sans doute pas le choix, mais les autres, ceux qui adhèrent de leur propre choix et viennent bénévolement participer aux missions de l'association, où trouvent-ils leur plaisir ? Quelles sont leurs réelles motivations ? La commissaire poursuit ses pensées tout haut.

– Qu'il aille rejoindre les crabes tout au fond de la pointe Bretonne, celui-là. Bien tout au fond, le plus loin possible !

– Attention, Patronne. Vous devenez comme eux.

– Tu as raison de me reprendre Polo. Je ne dois pas me laisser gangréner par tant de méchanceté. J'ai toujours pensé que le milieu associatif était un lieu de partage et de générosité, loin des enjeux pas toujours louables du monde économique. Je pensais qu'on entrait dans une association avant tout pour donner pour la collectivité et le bien général. Ici, quel élu nous a parlé de son engagement, qui a évoqué positivement les missions auquel il participe ? Personne. J'ai l'impression que chacun poursuit des ambitions personnelles et que la participation à l'association n'est qu'un prétexte. Regarde, Anne-Charlotte van Tournel. Elle, ce qui l'intéresse, c'est la carte de visite. En tant qu'administratrice de l'association

ANUV, elle est invitée et considérée par les grandes marques de cosmétologie. C'est tout ce qui l'intéresse. Celui qu'on surnomme Le Bigleux, ce qu'il cherche c'est échapper à sa mère. Maupant, lui, il espère, au travers de l'association, vendre sa base de photos. Je suis sûre qu'on va trouver chez tous les autres, la vraie raison de leur adhésion, la raison personnelle.

— Moi, ce q...qui me choque le plus, c'est q...que tout le monde a l'air de se détester. Regardez, quand vous leur demandez qui ils soupçonnent. Ils vous trouvent rapidement deux ou trois noms. On croule sous les assassins potentiels. Jamais vu ça.

— Mon petit Polo. Je vais t'avouer une chose. J'ai hâte d'avoir bouclé cette enquête. Elle me donne mal au ventre.

— Ce n'est pas p...plutôt parce que vous avez faim ? Vous avez vu l'heure ? Moi, j'ai la d...dalle !

— Mais tu as raison. Il est déjà 14 heures. Arrêtons-là pour faire une pause. On reprendra après. Si je ne me trompe pas, il nous reste trois élus à interroger cet après-midi et on aura fait le tour de tout le monde. C'est bien ça ?

— Oui, il nous reste Patrice Lebault, le trésorier gay, Edmond Fuchs, le vice-président qui a organisé la sortie mycologique et vous m'avez dit que vous vouliez revoir le président.

— Oui, ce sera l'occasion de lui faire un point de nos avancées.

— On va au b...bistrot d'en face ?

— Bonne idée. On va laisser les fenêtres ouvertes pour renouveler l'air pendant notre absence. L'atmosphère est décidément irrespirable ici.

La dispute

— Bonjour, Messieurs-dames, lance énergiquement la commissaire en entrant dans le bistrot.

Il y a encore du monde, mais la plupart des clients en est au dessert et le restaurant se vide petit à petit, après le coup de feu. Il y fait chaud et il y a beaucoup de bruit. Comme dans tous les restaurants parisiens, les tables sont si serrées qu'il faut se tortiller pour s'installer sans renverser ce qu'il y a sur les tables d'à côté. Une fois assis, il ne s'agit plus de vouloir aller au petit coin. Le serveur dessert rapidement la table choisie par les deux policiers et déclare tout de go, après un accueil minimaliste :

— Il n'y a plus de plat du jour. Qu'est-ce que vous buvez ?

— De l'eau, jeune homme. Ça ira.

Josiane Bombardier et son assistant commandent un croque-monsieur. L'eau de Paris, à la forte odeur de javel couvre le goût carbonisé du croque-monsieur et les incite à commander une bière qui, même plate, est bien meilleure. La commissaire aperçoit les élus qui ont terminé leur déjeuner et s'en vont. Ils la saluent d'un signe de tête. Seule Madeleine leur adresse un sourire timide. Maupant, dit Pan pan est cramoisi.

— Pan pan devrait se calmer et ralentir le vin et la cigarette ; il a le profil idéal pour développer une maladie cardio-vasculaire, murmure la commissaire. Le vieux beau, avec lui, ça doit être Patrice Lebault, le trésorier.

— Oui, c...c'est lui.

— On va commencer par lui tout à l'heure. Il a un air fourbe. Mon petit doigt me dit que cet homme n'est pas clair.

— C'est p...peut-être p...parce q...que vous n'aimez pas les homos.

— Détrompe-toi Polo. J'ai des amis qui le sont et ça ne me pose aucun problème. Au contraire, nous, les femmes, nous les apprécions, car ils sont souvent très délicats et en plus, nous sommes rassurées à leur contact, car nous savons que nous ne risquons pas d'être harcelées. Non, la plupart du temps, c'est plutôt aux hommes que cela pose problème. Ils y voient comme une atteinte à leur réputation de virilité et ça les dérange. Tu ne crois pas ?

— M...Mummm...Ouais, répond l'assistant, la bouche trop pleine, pour en dire plus.

Le bar s'est bien vidé et une femme d'un certain âge s'active au comptoir pour débarrasser et mettre à laver la montagne de verres vides que les serveurs lui ramènent. On aperçoit, dans les cuisines, les plongeurs qui s'activent. Il faut tout laver et ranger afin de recommencer dans deux-trois heures le ballet des casseroles.

— Quel métier ! Je n'aimerais pas être cuisinier dans un bistrot parisien. Tu as trois mètres carrés pour te retourner toute la journée. Tu baignes en permanence dans un milieu bruyant et dans le graillon. Beurk ! Je préfère encore mon job.

— Chaque m...métier a ses inconvénients. Nous, on n'arrête j...jamais. On n'a aucun horaire. On p...peut nous appeler à tout moment. La vie de famille passe après, q...quand on arrive à avoir une vie de famille !

— Tu as raison, Polo. Ce n'est pas mieux.

Les deux policiers terminent leur repas et rejoignent le bar pour régler l'addition. La commissaire en profite pour interpeller la patronne du bar, après s'être présentée comme l'usage le veut.

— Les élus de l'association ANUV viennent chez vous

depuis longtemps ?

— Depuis des années. En fait, je les vois chaque semaine depuis que j'ai repris la gérance de ce bar il y a huit ans. Certains viennent plutôt le mardi, d'autres le jeudi. La secrétaire générale est là plus régulièrement.

— Les salariés, par contre, ne fréquentent pas votre établissement, visiblement.

— Non, ils vont plutôt au Mac Do à l'angle de la rue. Seul, Monsieur de la Chapelle venait de temps en temps ici. J'ai appris pour son décès. C'est terrible. Un si bel homme !

— Il venait seul ?

— Non, en général, il venait avec la secrétaire générale, Madame Barani.

— Quels étaient leurs rapports ?

— Et bien, souvent ils se disputaient. Ce n'était pas le grand amour entre eux. Un jour, j'ai même entendu parler de fausses factures, et même d'emplois fictifs. Le directeur était très en colère et menaçant. La secrétaire générale, elle, était blanche et glaciale. Elle l'a traité de tous les noms d'oiseaux possibles. J'ai même failli intervenir pour leur demander de baisser d'un ton, mais ils se sont rendu compte d'eux-mêmes de leur manque de discrétion et ils sont partis.

— C'est intéressant...

— C'est comme avec le président. Lui, on ne le voit pas souvent. Si j'ai bien compris, il est souvent en voyage à l'étranger, mais une fois, je les ai surpris, le président et le directeur, en train de se disputer. Le président disait : « de la Chapelle, on vous paie pour appliquer nos décisions ; un point c'est tout. Vous n'avez pas à être d'accord ou pas... » J'ai l'impression que les élus lui menaient la vie dure. Ça ne devait pas être drôle tous les jours, pour lui. Mais, si vous me posez toutes ces questions, c'est que Monsieur de la Chapelle n'est pas décédé de mort naturelle ?

La commissaire coupe court à la conversation.

— Je ne peux rien vous dire, désolée. Je vous remercie pour ces informations, chère Madame. Bon après-midi.

Sur le chemin du retour, la commissaire murmure :

— On va confier l'examen des comptes de l'association à la brigade financière, Polo. Il y a des irrégularités qui nous ont visiblement échappé. La réponse à la question qui nous préoccupe est peut-être là.

— Oui, je m'en occupe.

— Bien. Tu me ramènes le trésorier ? Ces informations tombent bien. Je vais pouvoir le cuisiner un peu. On va voir ce qu'il lâche ou pas.

La commissaire se frotte les mains, en regrettant de ne pas avoir pris ses gants ce matin. L'air a bien rafraîchi et ce n'est pas le moment de prendre froid par négligence, juste parce qu'elle persiste à s'habiller comme en été. Il faut se faire une raison et troquer la petite veste en cuir par l'imperméable doublé. Bientôt, il faudra ressortir les manteaux... Brrr... De retour à son bureau, et en jetant un coup d'œil par la fenêtre, la commissaire constate qu'une petite pluie fine s'est mise à tomber. Satisfaite d'être rentrée à temps et de ne pas s'être fait mouiller, elle se dit que voilà, enfin, le premier sujet de satisfaction de la journée. C'est un signe, s'amuse-t-elle à penser, pour se donner un peu de courage.

— Monsieur Lebault ! Entrez, je vous en prie. J'ai quelques questions à vous poser. Vous êtes le trésorier de l'association. C'est bien cela ?

— C'est exact.

— Et depuis combien de temps ?

— Oh, cela va faire quatre ans. Avant, j'étais trésorier adjoint.

— Et sinon, dans la vie, vous faites quoi ?

— Je travaille au service urbanisme d'une ville

de banlieue. J'ai plus particulièrement en charge les problématiques de voirie, c'est-à-dire que je coordonne et surveille les interventions concernant les réseaux d'alimentation en eau ou en électricité par exemple, pour que cela gêne le moins possible la population. J'organise l'entretien et le nettoyage des rues et des trottoirs... J'ai une équipe de vingt personnes à gérer.

– Et pourquoi cette responsabilité de trésorier dans l'association. C'est en général le poste dont personne ne veut, car c'est plutôt rébarbatif.

– Justement. Il faut bien que quelqu'un s'y colle. Moi, j'aime bien les chiffres. Ça ne me dérange pas.

– En tant que trésorier, vous disposez de certains pouvoirs, non ?

– Exact. Je dispose d'une carte bancaire et d'un chéquier au nom de l'association. Je peux effectuer des retraits, des placements et des demandes de crédit. Je suis le seul à régler les factures et notes de frais qui, auparavant, ont été enregistrées par le comptable puis visées par le directeur. Si elles n'ont pas respecté ces étapes, je ne les règle pas. Cela fait partie des procédures que nous avons mises en place pour mettre de l'ordre dans l'association.

– Cela vous donne un certain pouvoir, mais aussi une bonne vision de tout ce qui se passe dans l'association.

– Ce n'est pas faux.

– Et que pensez-vous de la situation financière de l'association ?

– Oh, elle est saine. Pas de problèmes ! Le résultat est plus ou moins à l'équilibre chaque année, preuve que les postes de charges sont maîtrisés. Nous disposons, par ailleurs, d'une solide cagnotte, bien placée depuis longtemps et qui peut nous permettre de voir venir, en cas de coup dur. Cette cagnotte provient de dons et de legs qui nous sont offerts. Notre statut nous permet de les recevoir.

Notre endettement est quasi nul. La situation financière est franchement très bonne. C'est d'ailleurs la raison pour laquelle j'ai accepté la fonction. Sinon, j'aurais sûrement décliné. Je veux bien passer un peu de temps ici, mais je n'ai pas envie de me prendre trop la tête avec des problèmes financiers. J'en ai suffisamment à gérer tous les jours avec les hommes de mon équipe. Il ne se passe pas une journée sans qu'il y ait un absent. Entre la panne de réveil, les problèmes de transport qui ont souvent bon dos, la gastro fulgurante et l'enfant malade, la panoplie de bonnes raisons est suffisamment large. Il n'y a que l'embarras du choix. Et que voulez-vous que je fasse ? On ne me donne aucun bâton. C'est à moi de trouver des solutions.

— Je comprends d'autant mieux que vous faites cela bénévolement, n'est-ce pas ? C'est à dire sans aucune rémunération ou indemnité de quelque sorte que ce soit.

— Exact.

Pendant l'entretien, Patrice Lebault ne cesse de tripoter sa gourmette plaquée or et faire tourner sa chevalière. Tous ces bijoux ont un côté grotesque. « Je suis sûre qu'il porte aussi une chaîne autour du cou, peut-être même un tatouage » pense la commissaire. Avec son écharpe négligemment posée sur l'épaule et la pochette assortie à la chemise, ce coureur de pantalons est une caricature vivante.

— Quelles étaient vos relations avec le directeur ?

La commissaire perçoit une hésitation à répondre. Au bout de quelques secondes, le trésorier finit par déclarer :

— Nous avions des rapports strictement professionnels, vous savez. Marc-Antoine de la Chapelle mettait de la distance dans ses relations avec les bénévoles élus, quels qu'ils soient. C'était un principe pour lui. Nous avions des échanges courtois.

— Vous espériez des relations plus approfondies ?

— Euh...non. Qu'est-ce qui vous fait dire ça ?

— Votre façon de vous exprimer, à regret, avec un brin de tristesse dans la voix.

L'homme lève la tête et regarde la commissaire avec étonnement puis finit par reconnaître :

— Vous avez raison. J'ai longtemps espéré que Marc-Antoine me considère autrement que comme un simple administrateur. J'aurais aimé être son ami, mais lui ne le souhaitait pas, préférant éviter de mélanger relations professionnelles et relations personnelles. Je me suis fait une raison. Il n'empêche que sa mort effectivement m'affecte.

— Vous portez une alliance. Vous êtes marié ?

— Euh...oui. J'ai rencontré ma femme, il y a dix ans, dans un concours de danse latine. Elle danse la salsa comme une déesse. J'ai eu un coup de foudre.

— Et vous avez des enfants ?

— Oui, deux.

— Dites-moi ; vous avez fait partie de la sortie mycologique lundi. Avez-vous remarqué quelque chose de particulier ?

— Non. Ce n'est pas la première fois qu'on en fait et ça s'est passé comme à chaque fois. De toute façon, c'est toujours Fuchs qui les organise donc il ne risque pas d'y avoir un effet de surprise. Avec lui, c'est réglé comme du papier à musique. On a tous ramassé nos champignons qu'on a stockés dans la camionnette, le temps de déjeuner. Puis, pendant l'examen des récoltes par Fuchs, et en attendant de récupérer son panier personnel, chacun s'est occupé à sa façon. Ensuite, nous sommes rentrés. J'ai profité de la voiture de Madeleine et j'ai fait le voyage avec Maupant et Taupin.

— Comment vous êtes-vous occupé après le pique-nique ?

— Euh... Je suis allé faire un tour dans le bois. J'aime bien me promener dans la nature.

— Je vois. Vous vous êtes promené seul ?

— Euh... oui.

— Vous avez sûrement rencontré des promeneurs pendant votre ballade ?

— Euh...oui.

L'homme transpire et son regard fuyant révèle une certaine gêne.

— Avez-vous remarqué un comportement anormal de Monsieur de la Chapelle lors de cette sortie ?

— Non, je n'ai rien remarqué de particulier.

— Excusez-moi, je reviens sur les comptes de l'association. Vous avez un cabinet d'expert-comptable, je suppose.

— Oui. Il s'agit du cabinet Ternoy. C'est le même depuis très longtemps, en tout cas depuis que je suis trésorier.

— Et je suppose que vous avez aussi un commissaire aux comptes.

— Oui. Compte tenu de notre statut, c'est obligatoire. Il s'agit du cabinet Derasse. Leur mandat est régulièrement renouvelé. Nous avons tendance à fidéliser nos prestataires.

— Bien, je n'ai pas d'autres questions pour l'instant à moins que vous n'ayez à me faire part de soupçons par rapport au meurtrier ou à la meurtrière de votre directeur ?

— C'est une question délicate.

— Pourquoi ?

— Et bien, c'est grave d'accuser quelqu'un.

— Je vous demande juste si vous avez un doute. C'est à moi ensuite d'investiguer et recueillir d'éventuelles preuves. On n'accuse pas sur de simples présomptions, je vous rassure.

— Je sais qu'il avait de très mauvaises relations avec

le comptable, Etienne Baudu, surtout depuis qu'il est devenu délégué syndical. Ça lui a monté à la tête. Ces dernières semaines, il était d'une arrogance ! Cela en devenait insupportable. Je déteste les cris et aucun échange ne se passait sans éclats de voix. Monsieur Baudu est quelqu'un de colérique que son passé militaire n'arrange pas. Il démarre au quart de tour, surtout quand il n'est pas à jeun.

– Vous tolérez les boissons alcoolisées à l'intérieur de l'association ?

– Bien sûr que non, mais si on veut boire en cachette, vous savez, c'est facile. Et puis, ici, à Paris, on a vite fait de prétexter descendre fumer une cigarette et traverser la rue pour aller s'en jeter un.

– Et sinon, quelqu'un d'autre ?

– Euh… non.

– Dans ce cas, je vous libère, Monsieur Lebault. Merci pour votre collaboration.

– Je vous en prie. Au revoir commissaire.

La commissaire et son assistant complètent leurs notes. Le cahier petit à petit se remplit de verbatims révélatrices ou troublantes, de questions méritant éclaircissement. Au fur et à mesure des informations qui s'empilent, la commissaire relève les incohérences, les contradictions. Il y aura un gros travail de synthèse à réaliser, une fois tous les témoins entendus. Mais pour l'instant, il reste à interroger Edmond Fuchs, vice-président de l'association et organisateur de la sortie mycologique, un témoin capital, et le président, Hugues de la Roquette que la commissaire garde précieusement pour la fin.

– Entrez, Monsieur Fuchs et installez-vous, je vous en prie.

Comme à son habitude, le vice-président est raide comme un piquet. Grand, maigre, affublé d'un cou démesurément long portant une petite tête, des membres également trop longs, l'homme interpelle. Ses proportions trop éloignées de la normale dérangent le regard qui ne sait plus où se poser. La tête est rasée, ce qui met encore plus en évidence son volume trop petit. Derrière les fines lunettes, le regard est vif et perçant. Edmond Fuchs ne se contente pas d'être raide ; il est en état de thanatose, immobile comme un reptile qui guette une proie.

Pour se donner un peu de contenance et de courage, la commissaire toussote pour s'éclaircir la voix. « Le faire parler va peut-être le décoincer » pense-t-elle.

— Monsieur Fuchs, vous êtes vice-président de l'association depuis combien de temps ?

— Trois ans.

— Outre vos fonctions de vice-président, vous avez en charge l'organisation des grands voyages de l'association, si je ne me trompe.

— C'est exact.

— Quelles sont vos destinations ?

— Partout où il y a des travaux de recherche intéressants sur les plantes : les États-Unis, l'Asie, l'Europe du Nord.

— À chaque fois, vous faites partie du voyage, j'imagine ?

— Oui puisque j'en suis l'organisateur et donc le responsable.

— C'est chouette. Cela vous permet de voyager partout dans le monde !

Aucune expression n'anime le visage du vice-président. Un coup pour rien.

— Et, vous faites quoi sinon, au niveau professionnel j'entends ?

— Je travaille chez Samen.

— Samen ?

— C'est une entreprise spécialisée dans l'assainissement, la gestion des déchets...

— Quel rapport avec l'association ?

— Nous recherchons des solutions plus propres pour nos différentes activités. Nous soutenons l'association.

— Sur des projets particuliers ?

— La phytoépuration par exemple.

— C'est quoi ?

— On utilise des plantes de berges comme le roseau pour assainir les eaux usées domestiques et ça marche très bien.

— Il y a un marché économique derrière ?

— Énorme, quand vous savez que tous les acheteurs d'une habitation non reliée au réseau collectif, ce qui est le cas de la plupart des maisons en campagne, ont l'obligation de se mettre aux normes en matière d'assainissement. Jusqu'à présent, ils doivent casser l'existant et réaliser des tranchées, pour mettre en place un système coûteux de filtration. Les coûts sont importants et peuvent compromettre la vente d'un bien immobilier. Avec le système de phytoépuration, les travaux sont réduits. On installe un bassin avec des plantes adaptées comme les bambous ou les roseaux. Les eaux usées y sont dirigées. Elles ressortent suffisamment propres, débarrassées des phosphates et nitrates, contenus dans l'urine et les matières fécales, mais aussi des polluants ménagers.

— C'est intéressant. Comment les plantes peuvent-elles réaliser ce nettoyage ?

— Ce sont les bactéries présentes dans le système racinaire des plantes qui mangent les matières organiques.

— Vraiment surprenant... J'avoue découvrir ici des propriétés des plantes insoupçonnées et assez impressionnantes. C'est passionnant, même pour un profane comme moi. Mais revenons-en au sujet qui nous préoccupe et qui est moins enthousiasmant, je reconnais. Vous savez, je suppose, que Marc-Antoine de la Chapelle est décédé des suites d'un empoisonnement à l'amanite phalloïde. Sa mort étant survenue un peu plus de 48 heures après la sortie mycologique, organisée par vous-même, nous avons tout lieu de penser que l'ingestion du champignon mortel est en rapport avec la cueillette de champignons réalisée ce lundi. Chacun est rentré avec un panier destiné à sa consommation personnelle. L'amanite devait probablement se trouver dans le panier de Monsieur de la Chapelle. Comment a-t-elle pu arriver là ? Pourquoi ? Pour l'instant ces questions restent sans réponse. Avez-vous une idée, Monsieur Fuchs ?

— Aucune.

— Euh...oui, mais encore ?

— Comment voulez-vous que je sache ? J'ai tout organisé, exactement comme d'habitude. J'ai respecté les procédures et pris les précautions pour éviter tout accident. Je ne me sens pas responsable.

— Personne ne vous accuse, je vous rassure. Nous essayons simplement de comprendre. Moi non plus, je ne crois pas à la thèse de l'accident. Tous les témoignages convergent et prouvent le sérieux de la collecte. Non, je crois plutôt à un meurtre délibéré.

— Mais qui ?

— Ah, si je savais. Vous n'avez pas une petite idée, vous ?

— Non.

— Est-ce que quelqu'un en voulait à votre directeur ?

— Je ne sais pas.

— Était-il soucieux ces derniers temps ?

— Pas spécialement.

— Hum. Avez-vous quelque chose à me dire ?

— Non.

— Je m'en doutais. Bien, nous allons donc en rester là. Merci Monsieur Fuchs.

À peine le vice-président parti, la commissaire se lâche. Quelle tête de c... ! Tu as vu comment il faut lui arracher les mots ! Pour qui se prend-il ce psychorigide ? Je suis sûre qu'il est d'extrême droite, le renard !

— Le renard ?

— Oui, il porte bien son nom. Fuchs, en allemand, ça veut dire renard, figure-toi et je le sens futé comme un renard justement.

— Ah ! Moi je l'aurai p...plutôt surnommé la girafe, vu la petitesse de sa tête p...perchée sur son long cou.

— Bien vu. C'est tout à fait ça, mais une girafe c'est gentil comme animal, alors que lui... Grrrr...

Et, pour calmer sa patronne, Paul Holo propose :

— Et si j'allais vous chercher un café, Patronne, ou peut-être un chocolat chaud ? Ça vous ferait du bien, hein ?

— Va pour un chocolat et puis, après, on se fait le président. Il a intérêt à être plus coopératif, celui-là !

La pause chocolat fait du bien à la commissaire qui se détend un peu et semble avoir retrouvé son calme lorsqu'elle accueille Hugues de la Roquette. Très digne, le président accepte l'invitation à prendre place en face de la commissaire, après avoir respectueusement baisé sa main. La commissaire, peu habituée à ces marques de courtoisie, s'en trouve flattée. L'entretien débute dans la sérénité.

— Merci, Monsieur le Président, de vous être libéré pour pouvoir répondre à nos questions. J'ai voulu vous recevoir en dernier afin d'en profiter pour vous faire un petit point de nos avancées, mais j'ai d'abord quelques questions à vous poser, si vous voulez bien.

— Je suis à votre disposition, Madame la Commissaire.

— Merci. Comme je l'ai dit tout à l'heure à votre vice-président, Edmond Fuchs, nous avons tout lieu de penser que quelqu'un a placé délibérément une ou plusieurs amanites phalloïdes dans le panier de Monsieur de la Chapelle et c'est ce qui a provoqué sa mort 48 heures après. Pour l'instant, nous ne savons pas qui est l'auteur de ce geste. Nous essayons de trouver les mobiles capables de conduire à un tel acte et pour cela, nous devons comprendre les relations entre les uns et les autres. Comment étaient vos relations avec votre directeur ?

— Et bien, je dois dire qu'elles se sont dégradées petit à petit. Comme souvent, tout est idyllique au début d'une relation, chacun ne voyant dans l'autre que le meilleur. Puis des désaccords surviennent, des malentendus parfois, simplement basés sur des incompréhensions de langage et cela suffit à détériorer la confiance. Petit à petit, la méfiance s'installe puis la distance. On se parle moins, jusqu'à l'incompréhension totale, voire le conflit.

— C'était le cas avec votre directeur ?

— On n'en était pas là, mais nous étions, je le reconnais, sur la voie d'une séparation à terme. Monsieur de la Chapelle n'était pas en phase avec les décisions du conseil d'administration et cela posait problème.

— Quels étaient vos désaccords ?

— Cela concernait la stratégie d'ANUV et aussi les prochaines élections. Nous avons décidé de réserver nos communications à nos adhérents, en élevant nos publications à un niveau professionnel. Monsieur de la Chapelle insistait pour que l'on continue à diffuser largement et gratuitement auprès du grand public, mais d'une part, cela est peu valorisant et d'autre part, cela ne nous rapporte rien sur le plan financier. Nous ne comptons quasiment pas de particuliers dans nos adhérents.

— Et concernant les élections ?

— L'année prochaine, tout le conseil d'administration sera renouvelé, conformément à nos statuts qui prévoient l'organisation d'élections tous les trois ans. Nous évoquons régulièrement ce point en conseil, car une assemblée générale élective doit se préparer longtemps à l'avance. Nous avons la volonté de conférer une dimension internationale à l'association en soutenant les candidatures de grands groupes européens et nord-américains. Comme les places sont limitées, j'ai proposé de réduire de moitié le nombre de sièges pour le collège des consommateurs. Pour cela, il nous faut organiser une assemblée générale extraordinaire afin de faire valider cette modification, avant le vote de l'année prochaine. Monsieur de la Chapelle avait un côté idéaliste mal placé. Il pensait que la présence d'associations de consommateurs ou d'ONG dans le conseil était indispensable pour garantir la neutralité et la notion d'intérêt public de notre activité.

— Il était devenu un frein à vos ambitions, en quelque sorte ?

— Je n'irais pas jusque-là, car de toute façon, il était bien spécifié dans son contrat qu'il devait mettre en œuvre les décisions du conseil d'administration. Point. Ce n'était pas à lui de décider. Nous l'aurions donc fait plier et sinon, nous l'aurions invité à partir, mais je ne pense pas que nous aurions dû aller jusque-là, car il était suffisamment intelligent et ambitieux pour comprendre où se situait son intérêt.

— Vous avez prévu de vous représenter ?

— Oui, j'ai l'intention de briguer un nouveau mandat.

— Vous avez d'autres responsabilités de ce type ?

— Oui, je suis président d'un groupe industriel, mais aussi maire d'une commune des Hauts-de-Seine.

— Vous arrivez à cumuler toutes ces responsabilités ? Cela ne doit pas être évident.

— Je le concède. Il faut savoir s'entourer.

— Revenons à cette association. J'ai vu dans les comptes que vous bénéficiez de fonds publics, au travers de différentes subventions de la région ou de l'état. N'est-ce pas antinomique avec votre nouvelle stratégie ?

— Tout dépend de la façon de présenter les choses. Je

dirais que non.

— Vos voyages réguliers aux États-Unis sont en lien avec ces futurs adhérents administrateurs ?

— Oui, en partie. Comme je vous l'ai dit, cela se prépare longtemps à l'avance.

— Donc, si je résume, vous aussi vous étiez en opposition avec votre directeur. Vous aviez en tout cas des sujets de discorde.

— Je vous arrête tout de suite. Je n'aurais pas eu besoin de le tuer pour régler ce différend. Une bonne transaction avec une indemnité conséquente à la clef serait venue à bout de nos désaccords sans problèmes, j'en suis convaincu. De toute façon, si le crime a eu lieu lors de la sortie mycologique, vous n'êtes pas sans savoir que je n'y ai pas participé et qu'en plus, j'étais à des milliers de kilomètres de Paris.

Le président, très digne, bien calé dans son siège, conserve son allure décontractée, au-dessus de la mêlée. Il passe régulièrement la main dans ses longs cheveux grisonnants pour rejeter à l'arrière sa mèche rebelle qui revient régulièrement couvrir un grand front d'intellectuel. Le ton de sa voix ne trahit aucun énervement, aucune émotion. C'est la maîtrise parfaite.

— Avez-vous une idée de qui aurait pu en vouloir à Monsieur de la Chapelle, au point de le supprimer ?

— Je n'en ai aucune idée, chère Madame. Ce meurtre est abject. Même si je n'appréciais pas vraiment l'individu, je n'approuve aucunement de telles façons de faire. Je ne pense pas que le meurtrier, si meurtre il y a, fait partie de nos bénévoles, administrateurs. Je les connais suffisamment et leur accorde mon entière confiance.

— Vous pensez qu'il s'agit d'un de vos salariés ?

— Je n'en sais rien. Je les connais moins bien. C'est la seule raison pour laquelle je ne me prononce pas.

— Vous n'avez pas de contacts directs avec eux ?

— Très peu. Mon interlocuteur était le directeur. Les autres, je les croise parfois. Bonjour, bonsoir... nos échanges se limitent à cela. Je ne veux pas être en prise directe avec eux. Cela m'évite d'avoir à régler des problèmes du quotidien sans intérêt. C'était le rôle du directeur après tout. Il était payé pour ça.

— Saviez-vous que Marc-Antoine de la Chapelle avait toujours des relations privées avec Anne-Charlotte van Tournel ?

— Non. Vous me l'apprenez. J'avais pourtant exigé qu'il mette un terme à cette aventure malsaine et contraire à nos règles.

— Visiblement, il a essayé, mais votre administratrice ne l'a pas entendu de la même oreille et s'est accrochée à son amant, maintenant une relation secrète un peu compliquée.

Contrarié, le président s'abstient de tout commentaire.

— Elle a en tout cas un mobile, en tant qu'amante éconduite. Vous en pensez quoi ?

— Je n'en pense rien. C'est ridicule.

— Admettons que vous ignoriez cette relation. Peut-être étiez-vous au courant des menaces de mort que le directeur recevait de la part de votre délégué syndical, Etienne Baudu ?

— De mieux en mieux. Et pourquoi donc ?

— Ils étaient en désaccord profond au sujet du raccrochement à une convention collective et du règlement des heures supplémentaires.

— Ce petit comptable n'est qu'un empêcheur de tourner en rond. Sans lui, personne dans l'équipe de salariés n'aurait osé réclamer quoi que ce soit. Un vrai poil à gratter !

— Vous n'êtes pas trop partisan d'accorder des avantages sociaux ?

— Plus vous en donnez, plus ils en réclament. C'est sans fin. Il ne faut pas exagérer ; les salariés sont bien ici. S'ils ne sont pas contents, qu'ils aillent voir ailleurs si l'herbe y est plus verte ! On ne retient personne.

— Avez-vous une totale confiance dans votre trésorier et votre cabinet comptable ?

— Oui, pourquoi ?

— Nous soupçonnons des malversations, genre fausses factures ou surfacturations.

— Carrément ? Pourquoi pas des emplois fictifs tant que vous y êtes ? C'est à la mode en ce moment. Excusez-moi de vous dire cela, mais c'est du grand n'importe quoi. Vous pouvez contrôler, vous ne trouverez rien.

— C'est ce que nous faisons. Nous avons confié les comptes à la brigade financière qui les épluche actuellement. Je vous tiendrai informé.

Plutôt condescendant, mais coopératif au début de l'entretien, le flamboyant président montre des signes d'agacement. Ses doigts tapent nerveusement sur la table, signifiant le souhait de mettre un terme rapidement à l'interrogatoire.

— J'ai encore une question à vous poser, si vous le voulez bien, Monsieur le Président. Une chose m'étonne. Lorsque je vous ai appris la mort par empoisonnement de votre directeur, vous avez paru surpris, mais vous n'avez pas cherché à en savoir plus. Vous auriez pu me demander « empoisonné par quoi ? Par qui ? Quand ? Où ?... » Que nenni ! De deux choses l'une, soit vous ne portez aucun intérêt à cet évènement et vous n'avez rien à faire des détails, soit vous savez parfaitement comment cela s'est passé et les détails, vous les connaissez.

— Mais, je ne vous permets pas. Ce n'est pas parce que vous êtes commissaire que cela vous donne le droit de m'accuser ainsi, sans preuve. Je vous préviens ; j'ai beaucoup de relations et je ne me laisserai pas faire. De toute façon, vous n'avez aucune preuve. Le jour du soi-disant meurtre, j'étais en voyage à l'étranger, je vous le répète. Plusieurs personnes peuvent en témoigner.

– Ne vous fâchez pas, Monsieur le Président. C'était un test.

– Et en plus, vous vous moquez de moi ! C'est vraiment n'importe quoi. En avez-vous fini ?

– Oui, j'ai terminé.

– Alors, je vous laisse. J'ai bien d'autres sujets sérieux dont il faut que je m'occupe.

– C'est vrai que la mort d'un homme, c'est tout sauf sérieux...

Le président préfère ne pas répondre à cette remarque dont il n'apprécie pas l'ironie. Très digne, il se lève et quitte la pièce, la tête haute et le front dégagé de sa mèche de cheveux rebelle.

– V...vous ne vous êtes p...pas fait un ami, on dirait, ose Paul Holo.

– On n'est pas là pour ça. Quand on cherche la vérité, il ne faut pas avoir peur de la trouver, même si elle ne plaît pas. Tu sais quoi ? Tout ça m'a mis en appétit. Tu sais ce que l'on va faire ?

– N... Non.

– Tu vas nous commander deux bières et deux bons gros sandwichs au bistrot d'en face et on va débriefer tous les deux sur nos interrogatoires. Tu demanderas beaucoup de cornichons s'il te plaît. J'ai toujours eu un faible pour les cornichons. On va faire des groupes, comme à la maternelle, avec les cubes de couleur. Sauf que là, on va classer nos témoins en trois tas : ceux qui n'ont pas de mobile et qu'on peut donc écarter, ceux qui ont un mobile et un alibi, et qu'on peut écarter aussi et enfin, ceux qui ont un mobile et pas d'alibi. Ce sont eux qui nous intéressent.

Ça te va, comme petit jeu ?

— Oui Patronne. Ça me va.

— Parfait !

Pendant que Paul Holo s'exécute, la commissaire relit ses notes sur son cahier à gros carreaux. Elle souligne, entoure des mots, ajoute des petits commentaires.

— Trouve-moi des grandes feuilles A3, Polo. À défaut de tableau, on fera avec. On a tellement de suspects dans cette affaire ! Nous devons être organisés si nous voulons y voir clair. Jamais je n'ai eu à traiter pareille situation. J'ai compté. Entre les bénévoles et les salariés, au total, nous avons quatorze suspects.

— Moi, j'avoue que, p...parfois, je m'y perds et je les confonds même un peu. Entre le c...comptable et le trésorier ou entre les chefs de projets... pas évident.

— Alors, je te propose de faire deux organigrammes, un pour les élus et un pour les salariés.

Tout en croquant à pleines dents dans son sandwich cornichons jambon cornichons, la commissaire trace sur les grandes feuilles les deux organigrammes. Elle y positionne les noms qu'elle complète d'un portrait rapidement caricaturé.

— Waouah ! Vous dessinez vachement bien !

— J'ai toujours aimé ça et tu vas voir, ça va nous aider à y voir clair.

Les deux feuilles se noircissent d'une galerie de portraits croquignolesques et si réalistes !

— On dirait une b...bande dessinée, s'enthousiasme l'assistant que l'exercice amuse beaucoup.

— Reprenons un par un chacun de ces personnages, propose la commissaire. Commençons par le mort. On lui doit bien ça ! On nous l'a décrit comme un paon qui fait la roue à toutes les poulettes qui passent.

— Pas qu'aux p...poulettes, je pense. Oui c'est tout à fait

ça ; je le vois comme vous l'avez dessiné : un b...bel homme, sportif, p...plutôt décontracté et prenant soin de lui.

— Tout le contraire d'un homme avec des tendances suicidaires. On est d'accord. Les deux chefs de projets maintenant : Louis Petit et Robert Khol.

— Pour moi, Louis P...Petit c'est le jeune ambitieux, avec les dents qui rayent le p...plancher, sûr de lui.

— Le jeune loup dont le mobile pourrait être la convoitise du poste. J'ai noté dans ses déclarations que tout le travail de l'association reposait sur lui. Il a, en plus de l'ambition, un ego surdimensionné, tout ce qu'il faut pour vouloir éliminer son supérieur hiérarchique. De La Chapelle mort, il peut prétendre le remplacer. Par contre, le jeune loup a un alibi. Il jouait aux cartes pendant que l'assassin plaçait l'amanite phalloïde dans le panier du directeur.

— Vous p...pensez que c'est après le p...pique-nique que le tueur a agi ?

— Je ne vois pas comment cela aurait pu se faire avant le contrôle par Edmond Fuchs. Ce dernier l'aurait vite repéré. Non, l'assassin a attendu que tous les paniers soient prêts à être remis à leur propriétaire pour y glisser le poison. Donc, a priori, notre jeune loup a un alibi, mais c'est un malin. J'ai envie de la garder sur la liste des suspects. Passons à son collègue, chef de projet, Robert Khol.

— Lui, on p...peut l'éliminer tout de suite. Il n'a pas participé à la sortie. Il est en arrêt de travail.

— Exact. Robert Khol...Robert Cool...qui se la coule douce en attendant la retraite. Il n'a pas le profil d'un tueur, je te l'accorde. Pas de mobile et pas besoin d'alibi. Passons à l'étage en dessous. Là, on trouve un personnage très intéressant : Etienne Baudu, le comptable également délégué syndical, ancien caporal, un excité colérique en guerre contre tout le monde et en premier contre son patron. Lui a de multiples raisons d'en vouloir au défunt avec qui il est en conflit permanent.

— Il a peut-être p...pété un câble et dans un accès de colère, il a décidé de passer à l'acte.

— Pour le mobile, je suis d'accord, Polo. Par contre, tu oublies que le caporal Baudu a passé son temps à picoler à l'ombre d'un arbre. Plusieurs personnes l'ont vu boire puis cuver son vin. Il paraît qu'il était même bien imbibé, au moment de repartir. Mais peut-être est-il aussi bon comédien ? Ne l'éliminons pas complètement et passons à la documentaliste, Marie... Comment s'appelle-t-elle déjà ?

— Marie P...Ponthieu. Elle n'a pas participé à la sortie, elle !

— C'est un fait. En plus, je ne pense pas qu'elle ait eu un mobile suffisant pour tuer.

— Elle aussi était amoureuse du directeur.

— Oui, mais dans ce cas-là, il nous faut soupçonner toutes les femmes de la terre et ma feuille n'est pas assez grande ! Ça ne suffit pas, Polo. Non, elle, je pense qu'on peut l'écarter. Nous arrivons au bas de la pyramide. Il nous reste Amélie Proult et Odile Leroy.

— À...Amélie, ça ne peut pas être elle !

— Et pourquoi ça, cher inspecteur ? réplique la commissaire d'un ton moqueur. Je trouve que tu prends bien vite sa défense ! Attention à garder ton impartialité, Polo. Pas de sentiments !

— Elle n'a p...pas participé à la sortie.

— Qu'est-ce que tu as ? Tu as avalé un tube d'Harissa ? Tu es cramoisi. Du calme mon petit Polo. Tu as marqué un bon point. Je dirais même que Miss Prout n'a pas de mobile suffisant, tout comme Odile Leroy, la Callas éplorée. Ces deux amoureuses platoniques ne me paraissent pas avoir l'envergure d'empoisonneuses. En conclusion, des sept salariés, nous pouvons éliminer cinq personnes et ne conserver comme suspects que le jeune loup et le caporal

Baudu. On va déjà y voir plus clair. Voyons voir maintenant du côté des élus.

— Tout en haut de la p...pyramide, on a le p...président.

— Exact. Le flamboyant président, avide de pouvoir et qui cumule les responsabilités au-delà de raisonnable. Un président qui, sous des allures d'homme bien sous tous rapports, ignore les autres qu'il considère pour quantité négligeable, lui qui se positionne toujours au-dessus de la mêlée. Son mobile ne m'apparaît pas clairement. Pourquoi aurait-il tué son directeur ?

— De t...toute façon, il était à des milliers de kilomètres au moment de l'homicide ; ça le met hors de c...cause, non ?

— Hum, oui sauf s'il a eu un complice. Il en a les moyens. Pour lui, je ne sais pas encore dans quelle catégorie le ranger. Continuons avec la garde rapprochée du président : le vice-président, la secrétaire générale et le trésorier. Edmond Fuchs, notre ami le renard à cou de girafe, Fuchs. Que savons-nous de lui ?

— Fuchs est un psychorigide, Il rit quand il se brûle, et encore ! C'est LA référence, en matière de champignons. Il a en charge l'organisation de tous les grands voyages de l'association, ce qui, au passage, lui permet de voyager gratuitement partout dans le monde puisqu'il est systématiquement accompagnateur. Quand je te dis qu'il porte bien son nom, le renard !

— P...Pas faux.

— Pour lui non plus, le mobile n'est pas évident. Par contre, il a un alibi en béton. C'est lui qui contrôlait les paniers et avait la responsabilité de cette sortie mycologique. Je ne l'imagine pas empoisonner le directeur, car il se doute qu'il est en première ligne que c'est lui qui endosse aussitôt la responsabilité du meurtre. Il est bien trop intelligent pour cela. Je pense qu'on peut le supprimer de la liste des suspects.

— La Xavière, vous en pensez q...quoi, Patronne ? Moi, elle ne m'inspire pas confiance.

— C'est un peu le propre des Xavières, non ? Mais, je te l'accorde. Il y a de quoi. Elle est froide comme un glaçon, aussi peu émotive qu'une statue de pierre. Son cœur doit être plus dur que le béton ! Elle n'a vraiment rien de sympathique, si tenté que les autres puissent l'être. Quel serait son mobile ?

— La jalousie ? P...peut-être était-elle secrètement amoureuse du directeur, elle aussi.

— Tu plaisantes ? Elle est incapable d'aimer quelqu'un. De ce point de vue, elle s'accorde bien avec son égoïste de président. Non, il va nous falloir creuser pour trouver un mobile solide.

— Côté alibi, elle était où pendant le contrôle des p...paniers ?

— J'ai noté qu'elle avait aidé le renard. Elle aussi est une bonne spécialiste. Elle était donc aux premières loges pour glisser un champignon vénéneux, ni vu ni connu, dans le panier du directeur. Je propose de la mettre en tête des suspects. Tu es d'accord, Polo ?

— C'est Ok pour moi.

— Bien. Passons maintenant au vieux beau, le trésorier. Gras comme un cochon, il s'est découvert une attirance pour le sexe masculin sur le tard. Il doit profiter de ses rendez-vous sur Paris pour assouvir ses besoins, sans que sa femme ne se doute de quoi que ce soit.

— C'est p...pratique.

— Comme tu dis. Pratique et discret. Monsieur fait ses p'tites affaires, ni vu ni connu. D'ailleurs, j'ai compris que c'est ce qu'il a fait dans le bois, après le pique-nique. Tu as remarqué comme il est devenu tout rouge quand il a évoqué sa soi-disant ballade forestière, lors de son interrogatoire ?

— Oui, c'est vrai. On pourra retrouver sa euh ... son

p...partenaire s'il faut confirmer son alibi.

– Par contre, je ne vois pas ce qui aurait pu conduire ce vieux beau à se débarrasser du directeur. Tu as une idée, toi ?

– Non, Patronne. À moins q...qu'il n'ait fait des avances au directeur et q...que ce dernier ne l'ait éconduit.

– ça, ce n'est pas impossible, Polo. Il l'aurait mal vécu et hop... il décide de se venger. Pourquoi pas ? C'est un peu tiré par les cheveux, mais n'écartons pas tout de suite cette hypothèse. Pour l'instant, nous n'avons éliminé que le renard de la liste des suspects. Il nous reste encore quatre bénévoles à passer en revue. Commençons par Anne-Charlotte van Tournel, la bourgeoise du 16e. C'est une cougar qui vit mal le rejet de son jeune amant. Elle s'accroche à lui comme elle s'accroche à l'association afin de conserver un semblant de place au sein du milieu cosmétique.

– Elle me fait plutôt l'effet d'une p..pauvre femme.

– Je suis d'accord avec toi, Polo, mais parfois, par désespoir, on est capable du pire. Ceci étant, elle a un alibi puisqu'elle a joué aux cartes avec le directeur et le jeune loup. Je ne pense pas qu'elle s'y connaisse en champignons et j'aurais tendance à l'écarter.

– Et, notre mamie g...gâteau, l'Alsacienne ?

– Madeleine est la plus sympathique des élus. Elle dénote d'ailleurs, tu ne trouves pas, dans toute cette bande de pervers ?

– Oui, c'est sûr. On se demande ce q...qu'elle fait là d'ailleurs.

– C'est simple et elle nous l'a dit. Elle-même reconnaît qu'elle joue les petites mains, car elle n'a pas le niveau de connaissances des autres. Ses venues sur Paris lui permettent de passer voir sa sœur. Ça lui suffit. Et puis, elle fait partie de l'association depuis si longtemps ; c'est devenu pour elle une seconde famille. Pour se faire accepter des autres, elle ramène des gâteaux toutes les semaines. Ça a un côté pathétique !

— Alors elle, elle n'avait aucune r...raison d'en vouloir au directeur.

— A priori non.

— Et, en plus, elle a p...passé son temps à débarrasser et ranger les restes du pique-nique, car p...personne, visiblement, ne lui a donné de coup de main. P...pauvre femme !

— On la retire de la liste des suspects, d'accord ?

— D'accord.

— Au tour de Monsieur Maupant, dit Pan pan. Quel trou d'nouilles, celui-là ! Il respire la méchanceté par tous les pores de la peau. Il en veut au directeur au même titre qu'il en veut à tout le monde, à la terre entière. Il se complaît dans le confit permanent et a besoin d'une tête de Turc. Il se sert de l'association pour vendre sa base de photos, du moins l'espère-t-il.

— Je pense qu'il est c...capable d'avoir tué le directeur uniquement p...parce qu'il le détestait.

— Je le pense aussi, Polo. Mais il a un alibi puisqu'il est allé faire des photos avec le bigleux, Jean Taupin.

— A...Ah oui, j'avais oublié. C'est vrai. Zut.

— Oui, zut. Je l'aurais bien vu en coupable moi aussi ! On ne l'élimine pas complètement.

— I...Il reste Taupin le b...bigleux.

— Un vieux garçon qui vit encore chez sa mère. L'association lui permet d'échapper à l'étreinte familiale pesante. Il n'y voit pas grand-chose et est plutôt du style à rester en retrait. Passer inaperçu fait partie de son quotidien. Il n'a pas le cran de quitter sa mère. L'imagines-tu avoir le cran d'empoisonner quelqu'un ?

— Euh...non.

— Et puis, c'est le genre à raconter des histoires qui ont failli lui arriver. Il est dans son monde. Je propose de l'éliminer lui aussi. Il nous reste donc quatre suspects : Xavière, Pan pan, le président et Patrice le vieux beau. Deux plus quatre : nous avons encore six assassins en puissance ! Il va nous falloir des éléments nouveaux, Polo, si nous voulons nous sortir de ce bourbier. Ça se décante, mais pas suffisamment à mon goût. J'ai le sentiment que l'on passe à côté de quelque chose. On voit bien que tous ces individus, quels qu'ils soient ont des motivations qui n'ont rien à voir avec les objectifs de l'association. Ils sont là par intérêt personnel. Ils se détestent les uns les autres, propageant leurs ondes négatives dans tous ces bureaux. Derrière l'image sérieuse et bien sous tous rapports d'une association oeuvrant pour promouvoir le génie végétal, se cachent sûrement des pratiques peu orthodoxes. C'est ce que mon intuition me dit et c'est ce que nous devons trouver, Polo. Ne nous contentons pas de ce que l'on veut bien nous dire ou nous montrer. Je ne leur fais aucune confiance et j'ai très envie de leur prouver que l'on peut être plus malin qu'eux. Tu vas reprendre l'analyse de l'ordinateur personnel du défunt et son téléphone et moi, je vais secouer la brigade financière. Ça m'étonnerait qu'ils ne trouvent pas quelques irrégularités dans les comptes de l'association. Le premier qui trouve une piste appelle l'autre. D'accord ?

— D'accord, chef !

— Bien. Moi, je lève l'ancre. Rester trop longtemps dans cette atmosphère pourrie ne me vaut rien. J'ai envie d'aller respirer un bon bol d'air pollué. Ça va m'aider à réfléchir. Tu es déjà allé faire un tour au square Samuel Rousseau, juste à côté ? C'est un petit square sympa, si on arrive à trouver un banc disponible. À cette heure-ci, j'ai un peu plus de chances sinon j'irai jusqu'au champ de mars. Cela me fera du bien de marcher.

— Merci Patronne, mais je préfère rentrer d...directement chez moi.

— Comme tu veux, mon Polo. Bonne soirée !

Dehors, c'est ce que l'on appelle l'été indien. Malgré la nuit qui tombe de plus en plus vite, l'air est doux. Les promeneurs n'ont pas envie de rentrer. Ils ralentissent le pas pour profiter jusqu'au bout des lueurs tardives d'un soleil de plus en plus pâle. La végétation a endossé ses chaleureuses teintes d'automne. C'est trop beau ! Les dahlias, les chrysanthèmes et les asters rayonnent de toutes leurs fleurs. Si seulement ces magnifiques tableaux que la nature nous offre pouvaient durer encore quelques semaines...

Josiane Bombardier se sent l'âme d'un poète. Elle a repéré un banc libre. Elle s'y installe, dans un soupir de soulagement, comme on pose un sac devenu trop lourd ou trop encombrant. Elle n'avait pas vraiment envie d'aller jusqu'au champ de mars, trop grand, trop plat, trop fréquenté par des jeunes adultes bruyants, et des bandes d'amis ou collègues en quête de défoulement. Elle préfère ce petit square plus intime et plus familial, où les enfants piaillent comme des poussins. Josiane aime regarder les enfants. Elle apprécie leur candeur, leur ignorance du monde qui les attend. Elle voudrait, comme eux, croire encore aux bonnes fées, au père Noël et même à cette coquine de Mary Poppin's, mais le métier de policier la ramène sans cesse aux côtés sombres de la vie. Elle a appris à décrypter le faux du vrai, à traduire les non-dits. À force de chercher la face cachée des individus, elle a fini par se résigner à ne jamais faire confiance. C'est triste, mais c'est ainsi. Il est loin le temps où Josiane, encore à l'école de police, voulait défendre les plus malheureux et faire triompher la vérité, selon un idéal de justice qu'elle trouve aujourd'hui tellement naïf !

— Mais c'est quoi ce coup de fatigue, ma vieille ? se dit Josiane. Tu ne vas pas te mettre la rate au court-bouillon, simplement parce que tu te rends compte que le milieu associatif est aussi décevant que le reste. Tu en as vu d'autres !

Trois jeunes garçons, coiffés d'une casquette tantôt à l'endroit tantôt à l'envers, se penchent sur la femme avachie sur un banc.

— ça ne va pas, M'dame ? lance l'un d'eux.

La commissaire se redresse avant même qu'il n'ait fini sa phrase.

— Écoute mon p'tit, lui rétorque-t-elle. Le jour où j'aurai besoin d'une machine à mesurer les spaghettis, je te sonnerai. Fais-moi plaisir et passe ton chemin.

Le jeune effronté fait un bond en arrière.

— ça va la vieille ! Pas la peine de vous énerver ! On dégage.

— Je deviens trop agressive, conclut la commissaire. Il faudrait que je songe à changer de métier. Mais, que pourrais-je faire d'autre ? Trente ans à faire la même chose. Je ne me vois pas ouvrir un bar ou devenir coach en développement personnel ! Je suis condamnée à traquer les assassins et les truands jusqu'à mes soixante-dix balais, en traînant les pattes derrière mon déambulateur. Quelle perspective ! J'ai le blues, Johnny. Bon, il vaut mieux que je rentre. Je réfléchirai mieux à la maison.

Le square s'est vidé de sa marmaille. Il ne reste que des égarés qui finiront bien par trouver leur chemin. Ce soir, Josiane rentre par le métro. Le coup de feu est passé et elle espère trouver une place assise. Elle a hâte de retrouver ses deux boules de poils qui vont lui faire la fête. Braves bêtes ! Même si elle se sent fatiguée, elle sait qu'à leur contact, elle va déjà se sentir mieux. Une fois qu'elle aura libéré ses orteils, sa forme reviendra comme par magie et comme d'habitude. De vrais antidépresseurs !

Une fois de plus, Josiane passe en revue la somme d'informations reçues aujourd'hui. Son cahier est presque rempli et c'est plutôt rare. Elle ne va quand même pas devoir en entamer un autre ! Ce serait bien la première fois de toute sa carrière. Toutes ces informations qui multiplient les suspects potentiels et embrouillent tout méritent une analyse très méthodique.

Règle N°1 : ne pas se fier aux apparences...

LES BÉNÉVOLES
HUGUES DE LA ROQUETTE
Président
Aristocrate
Mobile : le pouvoir
Alibi = A l'étranger
XAVIÈRE BARANI
Secrétaire générale
Froide
Sévère
Self Contrôle
Xavière
Mobile : détournement de fonds
Alibi : Contrôle des paniers
PATRICE LEBAUT
Trésorier
Gay
débonnaire
Mou
Le vieux beau
Mobile : Amour interdit ?
Alibi : A batifolé dans les bois
EDMOND FUCKS
vice-président
Psycho
Rigide
Le Renard
Mobile = 0
Alibi = organisateur de la sortie
ANNE CHARLOTTE VAN TOURNEL
CHANEL
mondaine
Veuve
La bourgeoise
Mobile : L'amour
Alibi = partie de cartes
MADELEINE PINSON
Mamie Gâteaux
Mobile : 0
Alibi : pique-nique
Commère
JEAN TAUPIN
myope
Habite chez Maman
Le bigleux
Mobile : 0
Alibi : photos avec Panpan
vieux célibataire
PIERRE MAUPANT
Panpan
Mobile : jalousie
Alibi : photos avec Le bigleux
Calculateur manipulateur

Offensive

Josiane Bombardier a passé une bonne partie de la soirée à relire ses notes. Son petit cahier s'est encore un peu plus noirci d'ajouts en tous sens, au fur et à mesure que les questions arrivent et que les incohérences se dévoilent. La commissaire est comme ça. Elle a besoin de temps pour assimiler les paroles des autres et déceler les pistes à creuser. Elle n'a jamais été brillante. C'est une lente, une besogneuse, qui suit son bonhomme de chemin et ne lâche rien. Malgré tout, cela finit souvent par payer. Ce n'est pas très spectaculaire comme façon de faire, mais c'est efficace et c'est déjà ça. Cela lui a permis de résoudre pas mal d'affaires, ce qui lui vaut aujourd'hui une réputation de commissaire expérimenté et respecté.

Ce matin, la commissaire a décidé de passer voir ses collègues de la brigade financière. Elle va leur ramener des croissants, histoire de soigner les bonnes relations. En fait, elle les aime bien les gars de la financière. Sous des aspects bourrus, ils sont plutôt sympas et jusqu'à présent, ils n'ont jamais refusé de lui filer un coup de main pour dénouer des affaires complexes. Ça vaut bien quelques viennoiseries.

– Hello les amis !

– Hello Josy ! Déjà levée ?

– Tu rigoles ? Je me suis levée à cinq heures du matin pour vous préparer ces croissants encore chauds. J'espère que vous allez apprécier.

– Tu utilises les mêmes sacs en papier que le boulanger d'en bas ? Comme c'est étrange !

– Ce n'est pas pour rien que l'on vous surnomme « les

fins limiers de la crim ». Vous avez l'œil; rien ne vous échappe. Bon allez je passe aux aveux mais avant de me boucler, vous m'offrez un petit café ?

— Si tu viens aux nouvelles, Josy, tu ne vas pas repartir bredouille. On t'a trouvé quelques irrégularités qui méritent vérifications. Ton association n'est pas aussi clean qu'elle veut bien s'en donner l'air.

— Qu'avez-vous trouvé ?

— Et bien, en examinant les factures des prestataires, nous avons remarqué des sommes assez rondelettes versées régulièrement à un cabinet de conseils. L'importance et la régularité nous ont tout d'abord interpellés puis le fait que ce cabinet de conseils soit situé à Bordeaux. Pourquoi faire intervenir un prestataire si loin alors qu'on a tout ce qu'il faut sur Paris ? En creusant un peu, il s'avère que le patron de ce cabinet, un certain Michel Meurisse, a un lien avec la secrétaire générale de ton association, Xavière Barani. Ils ont biens en commun, des immeubles locatifs pour lesquels ils ont créé des sociétés civiles immobilières.

— Tiens tiens; comme c'est intéressant !

— Oui. Pour nous, ça sent les fausses factures, d'autant que le cabinet en question a très peu de clients, en dehors de l'association ANUV. Je pense que si tu demandes à voir le produit de ses prestations, tu risques d'être déçue.

— Je savais qu'en venant vous voir, je mettais toutes les chances de mon côté de bien démarrer la journée. Cette révélation me met en forme. Merci les amis. Je vous revaudrai ça !

— Quand tu veux, Josy. C'est un plaisir !

— Voilà le mobile qui manquait à cette chère Xavière, se dit la commissaire. Le directeur aura voulu mettre un terme à ce trafic et elle aura décidé de l'éliminer. Ça se tient. Une petite discussion avec la secrétaire générale s'impose.

Et c'est d'un pas décidé que la commissaire prend la

direction de l'avenue de la Bourdonnais. Elle y retrouve son adjoint, le nez dans son ordinateur.

— Bonjour Polo

— B...Bonjour Madame. Vous avez l'air en forme ce matin.

— Oui, je te réserve un petit moment d'exception. Je reviens de la brigade financière et je crois qu'ils nous ont trouvé du lourd. Nous allons interroger à nouveau la secrétaire générale à qui nous allons poser quelques questions dérangeantes. Je me demande comment elle va s'en sortir. Et toi, de ton côté ? Si tu ne m'as pas appelée hier soir, c'est ce que tu n'as rien trouvé ?

— N...Non. J'ai épluché tous les mails du directeur. L...Le seul point qui mérite peut-être d'être creusé ce sont ses contacts récents avec un notaire de la région de Cabourg. O...On retrouve d'ailleurs le numéro de t...téléphone de l'étude dans le portable du directeur. Les échanges concernent une maison à vendre. A priori, rien de louche, mais je n'ai pas fini.

— On appellera le notaire. Ne négligeons rien. En attendant, je voudrais que tu me convoques Xavière Barani.

— D...D'accord. Je l'ai aperçue ce matin. Elle est déjà arrivée. Amél... euh...Mademoiselle Proult m'a dit que c'est Madame Barani qui assure l'intérim en l'absence de directeur. Elle a eu des consignes pour que tout passe par elle.

— Tiens tiens...

Quelques instants plus tard, Paul Holo revient, accompagné de la secrétaire générale. Aujourd'hui, elle porte un tailleur gris. Avec son chemisier blanc, ses chaussures plates et son immuable chignon, on pourrait la prendre pour une directrice d'école privée, bien sous tous rapports. Très digne, elle s'assied sur l'invitation de la commissaire.

— Madame Barani, j'ai souhaité vous revoir afin que vous m'expliquiez en quoi consistent les interventions de Monsieur Meurisse qui dirige un cabinet-conseil à Bordeaux.

La commissaire, tout en posant sa question, épie les moindres réactions corporelles qui pourraient traduire des émotions chez son interlocutrice. Rien ne transparaît.

— Elle est très forte, se dit la commissaire.

— Je ne vois pas le rapport avec la mort de notre directeur.

— C'est à moi d'en juger, chère Madame. Répondez à ma question s'il vous plaît.

— Et bien, Monsieur Meurisse nous conseille en matière d'organisation. Cela passe par la gestion du personnel. Il nous a aidés à redéfinir tous les postes. Mais cela concerne aussi la circulation de l'information en interne, les procédures, l'informatique... Monsieur Meurisse a dirigé de grandes entreprises. Son expérience nous est très utile.

— Je n'en doute pas. Mais, elle est très chère aussi, non ? L'association a-t-elle les moyens de se payer de tels services ?

— Il faut savoir investir si nous voulons acquérir un statut international.

— Pourquoi avoir choisi un cabinet à Bordeaux ? N'y avait-il pas de prestataire compétent sur Paris ?

— Si bien sûr, mais nous avons fait un appel d'offres et avons retenu ce qui nous a semblé être la meilleure proposition.

— Vous faisiez partie du comité de sélection ?

— Oui, bien sûr.

— Je suppose que vous avez déjà entendu parler de conflits d'intérêts. Qu'en pensez-vous ?

— Pourquoi me demandez-vous ça ?

— Madame Barani ! Faut-il vraiment que je vous mette les points sur les i ? Nous savons que Monsieur Meurisse et vous-même êtes associés dans différentes sociétés civiles immobilières et que vous faites des opérations immobilières ensemble. Ce n'est quand même pas le fait du hasard ? Soit vous nous dites tout, soit nous poussons nos investigations et croyez-moi, cela va être le grand déballage. À vous de choisir.

Après quelques secondes de réflexion, la secrétaire générale décide de parler.

— Au début, je ne voulais pas que Michel intervienne pour l'ANUV. Je ne voulais pas tout mélanger, mais les autres propositions que nous avons reçues étaient tellement nulles. Cela m'a décidée à le solliciter. J'ai prévenu le président et il m'a donné son accord.

— Qui était au courant de vos liens avec Monsieur Meurisse ?

— Personne jusqu'à...

— Jusqu'à ?

— Jusqu'à ce que le directeur ne découvre notre liaison. Nous ne sommes pas mariés, mais nous vivons en concubinage.

— Quelle a été sa réaction ?

— Monsieur de la Chapelle a essayé de me faire chanter, me menaçant de tout raconter au commissaire aux comptes. Quel effronté !

— Je comprends que vous n'ayez pas apprécié la plaisanterie. Que vous demandait-il en échange ?

— Il voulait de l'argent. Soit on lui accordait une belle augmentation de salaire, soit on se débrouillait pour lui passer l'argent, en liquide, dans une enveloppe.

— Et qu'avez-vous fait ?

— Ni l'un ni l'autre. Michel ne voulait pas céder au chantage de ce petit effronté. Après tout, le président était mouillé. C'était à lui de régler le problème.

— Moi, je vais vous dire ce que je pense. Je pense que vous avez décidé d'éliminer le directeur pour pouvoir continuer à faire vos petites affaires, ni vus ni connus. Vous vous y connaissez en champignon. Cela a été facile pour vous de glisser discrètement une amanite phalloïde dans le panier de Monsieur de la Chapelle. Vous avez essayé de nous faire croire à un accident, mais nous ne sommes pas tombés dans le panneau.

— C'est absolument faux. Vous vous trompez. Ce n'est pas moi qui ai mis l'amanite dans le panier du directeur. J'aidais Edmond Fuchs au contrôle. Jamais je n'aurais pris le risque d'empoisonner quelqu'un, voyons. On m'aurait aussitôt accusée comme vous le faites d'ailleurs, d'une manière ignoble.

— Madame Barani, à partir de ce moment, je vous place en garde à vue pour le meurtre de Monsieur de la Chapelle. Vous pouvez garder le silence et appeler votre avocat.

— C'est un scandale ! un scandale ! Vous entendrez parler de moi, je vous le promets.

La commissaire ne l'écoute plus et se retourne vers son adjoint.

— Polo, appelle une voiture pour l'emmener au 36. On poursuivra notre conversation là-bas.

L'ensemble du personnel et les quelques élus présents assistent au départ de la secrétaire générale, les mains menottées et encadrée de deux hommes en uniforme et armés qui la font monter dans leur véhicule.

C'est l'émoi. Entre ceux qui jouent l'étonnement, ceux qui se disent offusqués et ceux qui se doutaient bien, les commentaires vont bon train. Que va devenir l'association, son image vis-à-vis du monde de l'industrie et sa notoriété auprès du milieu scientifique ? Que vont devenir les salariés ? Déjà les supputations affluent. Par contre, il ne se trouve personne pour se soucier de l'avenir de Xavière Barani et pleurer sur cette peau de vache.

Une fois la secrétaire générale emmenée vers le 36, Josiane Bombardier s'enfonce tout au fond de son siège. Un long silence s'en suit puis la commissaire déclare :

— Cela m'a fait un bien fou de coffrer cette sorcière, mais je dois dire que sa dernière remarque me fait douter. Elle est tout sauf bête cette dame. Alors oui, pourquoi a-t-elle pris le risque d'empoisonner son directeur sachant que c'est elle qui contrôlait les champignons avec son vice-président ? Il y a quelque chose qui nous échappe, Polo. Est-ce qu'on n'est pas allé un peu vite ? N'a-t-on pas négligé une piste ? On va aller perquisitionner à son domicile. Elle habite bien dans le 15e arrondissement. C'est ça ?

— Oui, rue de la convention.

— Allez, c'est parti !

L'immeuble dans lequel habite la secrétaire générale est de style moderne. Il n'a pas de charme particulier et est surtout fonctionnel. Les deux policiers se rendent au 7e étage et se font ouvrir la porte par la concierge.

À l'intérieur de l'appartement, les murs sont couverts de toiles de peintres. Quelques sculptures en bronze ornent le salon.

— Madame Barani est amateure d'art ! en conclut Paul Holo.

— Ou elle parie sur des placements à terme. Tu remarqueras qu'aucun de ces peintres n'est connu. Jette un œil sur son ordinateur, Polo, pendant que je fais le tour du propriétaire.

L'appartement est plutôt grand, lumineux. Il donne sur la rue de la convention d'un côté, mais à l'arrière, heureusement, les chambres donnent sur un jardin beaucoup plus calme. Rien ne traîne dans les pièces. La secrétaire générale aime l'ordre, même chez elle. Nulle part, il n'y a de traces d'animaux. Les armoires ne contiennent que des vêtements de femme. Il n'y a donc pas d'enfants ou alors ils sont partis du nid familial et pas non plus d'amant. Michel Meurisse et Xavière Barani sont-ils vraiment concubins ?

— M...Madame, venez voir !

La commissaire répond illico à l'invitation de son adjoint.

— Tu as découvert quelque chose ?

— J...J'étais en train de fou....fouiller dans la m...messagerie p...personnelle et regardez ce que je trouve ... des échanges de mails avec le n...notaire de province d...dont je vous ai p...parlé.

Paul Holo, excité par sa découverte, a du mal à maîtriser l'afflux rapide de tous les mots qui veulent sortir en même temps.

— Calme-toi, Polo et explique-moi.

— R...Rappelez-vous, j'ai trouvé des c...correspondances entre le directeur et ce notaire. E...Elles datent des dernières semaines avant sa mort. Vous ne trouvez pas ça bizarre ? P...Pourquoi étaient-ils tous les deux en relation avec un n...notaire de Cabourg ?

— ça, j'aimerais bien le savoir, mon petit Polo. En tout cas, bravo pour la découverte de cette nouvelle piste à creuser.

— J...je p...peux vous donner le téléphone de l'étude. P...peut-être acceptera-t-il de vous répondre par t...téléphone ?

— Cela m'étonnerait. Ces gens-là vivent dans le culte du secret. Je vais l'appeler, mais ma tête à couper que je suis bonne pour un aller-retour là-bas. Ce n'est pas le bout du monde et je ne veux rien négliger. Toi, tu vas continuer à éplucher le contenu de tous les portables que tu trouves puisque tu maîtrise l'art de dégoter des scoops.

Rendez-vous est pris avec le notaire qui, comme le supposait la commissaire, s'est immédiatement réfugié derrière l'exaspérant joker du secret professionnel. Josiane Bombardier a tout juste le temps de se rendre à la gare de Saint-Lazare pour prendre le premier train en direction de Cabourg. Un pressentiment trouble la commissaire. Et si elle n'était pas au bout de ses découvertes ? Cette petite virée au bord de la mer risque bien de décoiffer !

Une petite maison au bord de la mer

Josiane a eu le temps de passer rapidement au kiosque presse pour prendre quelques journaux et magazines afin de s'occuper l'esprit pendant les trois heures que dure le voyage. Son train l'amènera jusqu'à Deauville. Ensuite, elle devra prendre un TER jusque Dives-Cabourg, mais elle échappe au trajet en autocar, ce qu'elle interprète comme un signe de chance. Comme d'habitude, la gare Saint-Lazare est pleine de monde et pourtant les vacances de la Toussaint n'ont pas encore démarré. Le train est à quai et déjà rempli à moitié. Josiane trouve la voiture puis le siège qui lui est réservé et où elle pose son sac et s'installe. Un gros monsieur la salue et prend place à côté d'elle. Dommage, elle aurait préféré rester seule. À peine le train a-t-il démarré, le gros monsieur s'endort, les jambes allongées et les mains croisées sur son ventre, en signe de grande plénitude. Josiane Bombardier qui avait imaginé pouvoir se rendre à la voiture-bar afin de prendre un petit café en est quitte pour rester sagement à sa place pendant tout le voyage.

– Si j'avais su, je lui aurais proposé de s'installer côté fenêtre. Au moins aurais-je été libre de mes mouvements. Me voilà bel et bien coincée. C'est mon jour de veine !

Josiane ronchonne et se console en feuilletant ses journaux. Elle lève de temps en temps la tête pour regarder les paysages que traverse le train à toute allure. Après la banlieue et ses pavillons serrés les uns contre les autres, les méandres de la Seine en bordure du parc naturel du Vexin puis la campagne normande, ses églises centenaires, ses haras et ses paisibles vaches. Bernay, Lisieux, le pays d'Auge... À regarder ces beaux paysages défiler sous ses yeux, Josiane s'apaise et s'assoupit. La voix qui annonce l'arrivée à Trouville-Deauville la sort brutalement de sa somnolence. Le gros monsieur à côté a disparu. La voie est donc libre et Josiane en profite pour prendre ses affaires et rejoindre l'extrémité de la voiture où une file d'attente de voyageurs souhaitant descendre s'est déjà formée. Elle y retrouve le gros monsieur, une sacoche à la main. Du haut de ses deux mètres, le géant lui adresse un sourire. Josiane, contrariée dans son sommeil, répond d'une grimace.

Tous deux se dirigent vers le TER en direction de Cabourg et montent dans la même voiture.

— Cela ne vous dérange pas, chère Madame, si nous poursuivons le voyage côte à côte ?

— Heu... non, marmonne Josiane qui aimerait se montrer désagréable malgré cet élan de courtoisie.

La commissaire cherche le bout de papier sur lequel Paul Holo a noté l'adresse du notaire : Maître Bernier, avenue du Général Leclerc. Le gros monsieur, du haut de sa tour de contrôle, a lu le bout de papier et s'adresse à la commissaire.

— Vous connaissez Cabourg, chère Madame ?

— Euh...non. C'est la première fois que j'y viens.

— Je peux vous aider à trouver votre chemin, dans ce cas. Je suis cabourgeais de naissance et sans me vanter, je connais ma ville par cœur. J'y suis très attaché.

— Euh, je dois me rendre à l'étude de Maître Bernier, avenue du Général Leclerc.

— Ce n'est pas compliqué ; le cabinet notarial se situe face au jardin public. Il faut prendre la rue principale de Cabourg : l'avenue de la mer qui part du Grand Hôtel et se prolonge par l'avenue de l'Hippodrome. C'est tout droit.

— ça se fait à pieds ?

— Oui, si vous disposez d'un peu de temps et de bonnes

chaussures.

– Ce n'est pas le cas.

– Dans ce cas, je vous propose de vous servir de chauffeur, chère Madame. Cela me fera très plaisir. Ma voiture est garée sur le parking de la gare de Dives, notre terminus, et je me rends dans cette direction. Cela ne me fera même pas faire un détour. Vous venez pour vous installer ici ?

– Euh, je ne sais pas encore.

– Si vous recherchez une belle maison, je peux vous aider. Je suis agent immobilier. J'ai une agence ici et une autre sur Paris. Voici ma carte, au cas où. Je me ferai un plaisir de vous aider.

– Euh, merci Monsieur ; on ne sait jamais, répond la commissaire dans un demi sourire.

Pendant la dernière heure que dure le voyage, la conversation va bon train, elle-aussi, entre le géant cabourgeais et sa voisine.

– Alors, comme ça, vous êtes originaire d'ici ? J'avoue ne pas connaître cette ville ni d'ailleurs les environs. Comme tout le monde, j'ai bien sûr entendu parler du festival du film de Cabourg, créé si je ne m'abuse par Gonzagues Saint-Bris. Mais mes connaissances s'arrêtent là. J'avoue ne pas être vraiment cinéphile.

– Quel dommage, chère Madame, vous n'imaginez pas ce que vous ratez. Vous avez raison, le festival du film de Cabourg est très connu. Il a maintenant trente-cinq ans et sa notoriété n'est plus à démontrer mais depuis six ans, nous avons aussi notre festival musical : « Cabourg mon amour » qui a lieu sur la plage, face à la mer. Tout un programme, n'est-ce pas ? Pour moi, Cabourg est, de loin, la plus belle ville, la cité de l'amour, le berceau de la culture... Tant d'hommes et de femmes célèbres ont marqué le lieu de leur talentueuse empreinte, à commencer bien sûr par notre célèbre Marcel Proust, que la commune honore abondamment d'ailleurs, même s'il n'est pas le seul à avoir marqué la ville de sa présence.

— Un peu comme Orléans et sa pucelle ?

— Mais oui, mais oui... La comparaison peut paraître osée, mais je vous suis. On parle bien de destins croisés entre un personnage illustre et un lieu, qui lui reste à jamais attaché. Par contre, le destin d'Orléans et de sa pucelle s'est joué au moyen-âge alors que le couple Cabourg-Proust s'est noué lui à la Belle époque. Vous verrez, l'atmosphère de la ville en est resté imprégnée, comme marquée à jamais et c'est ce qui la rend si particulière. C'est aussi sans doute pour cela que nous, les cabourgeais de souche sommes aussi romantiques. Avez-vous eu la chance de connaître un jour un vrai cabourgeais, chère Madame ?

— Euh...non. Mon mari était originaire de Lyon. Rien à voir.

— Vous êtes mariée ?

— Plus maintenant.

— Ah tant mieux !

Josiane, à cette réaction, lève la tête, les yeux, puis les sourcils vers son surprenant interlocuteur qui lui décroche un large sourire carnassier, dévoilant une solide et impressionnante dentition.

Un frisson lui parcourt le dos. Elle serre les fesses et avale sa salive. Ce coup de traître porté par Cupidon, avec qui pourtant elle n'a jamais été très copine, l'a scotché et elle s'en trouve, malgré elle, « toute chose ». La paralysie fait place à la liquéfaction lorsqu'une énorme paluche d'ogre vient se poser sur ma main potelée. Elle la dégage aussitôt pour vérifier que tous les boutons de son corsage sont bien attachés jusqu'au cou.

— Quelle chaleur dans ce train, dit-elle, pour réorienter la discussion . Vous ne trouvez pas ?

Le train s'est arrêté et les passagers commencent à descendre. Josiane se dit que cet agent n'a pas froid aux yeux. S'il est aussi direct tout le temps, il doit faire pas mal d'affaires. Elle se rassure en se disant que, malgré son air chiffonné, elle doit ressembler à une parisienne friquée. Ça la fait sourire.

– Bienvenue dans le pays d'Auge ! déclare le géant à la descente du train..

Devant la minuscule gare de Dives, aucun taxi en vue. Josiane n'a ni l'intention ni le temps de faire le kilomètre et demi à pieds qui la sépare du cabinet notarial. Elle se tourne vers son compagnon de route, toujours à proximité, et lui signifie d'un signe de tête son accord pour se laisser véhiculer jusqu'à son rendez-vous.

L'agent immobilier, en digne gentleman, se précipite sur sa Triumph décapotable et ouvre la portière, côté passager, pour inviter Josiane à s'installer. La commissaire se demande comment ils vont bien pouvoir, tous les deux, tenir dans cet habitacle si étroit. Effectivement, lorsque le géant prend place, la promiscuité devient presque intolérable. Josiane est si proche de son chauffeur qu'elle en sent l'odeur corporelle et le parfum de son après-rasage. Heureusement, l'agent immobilier a la bonne idée de décapoter la voiture et la pression retombe d'un cran.

– Excusez-moi, chère Madame. Si j'avais imaginé, un seul instant, devoir transporter une princesse, j'aurais sorti mon autre carrosse, bien plus spacieux. Heureusement, nous n'en n'avons que pour quelques minutes. Vous serez bientôt arrivée à bon port.

– Pas de problèmes. C'est déjà très gentil à vous de m'emmener. Je vous en suis reconnaissante.

– Si vous n'aviez pas été aussi pressée, je vous aurai fait découvrir notre promenade, le long de la digue. C'est, paraît-il, la plus longue d'Europe. Forcément, nous en sommes fiers. J'aurais même pu vous emmener faire un petit tour de char à voile ; c'est ma spécialité. Avec le vent qu'il y a aujourd'hui, cela aurait été parfait.

A cette époque de l'année, les touristes sont rares et la route, dégagée, permet de filer rapidement. L'air accentue l'impression de vitesse. L'agent immobilier avait raison. L'endroit est non seulement magnifique, mais comme hors du temps, surgi quasiment indemne d'une autre époque, un endroit sur lequel le modernisme n'aurait pas d'emprise, ou si peu, ce que confirme l'agent immobilier :

— Heureusement pour nous, les Allemands ont eu le bon goût d'apprécier notre ville à sa juste valeur. Ils venaient d'ailleurs ici se reposer, entre deux bombardements. De ce fait, peu de bâtiments ont été détruits pendant la guerre et la ville a pu conserver son charme suranné si touchant.

— C'est vrai qu' on se sent comme projeté dans un monde différent, apaisant, loin des hostilités urbaines, comme si ici tout ne pouvait être que plaisir.

— Vous ne savez si bien dire, chère Madame. Notre ville, ou du moins son centre, est construite selon la forme d'un éventail. C'est une de ses particularités. Et cet éventail est organisé autour du Grand Hôtel que voilà ! Tout le monde nous l'envie.

Josiane se laisse impressionner par le bâtiment à l'imposante façade qui semble vouloir effectivement tout dominer. Les villas, à ses pieds, ont un charme fou. Leurs balcons ouvragés, leurs couleurs tendres, leurs particularités aussi originales que décoratives en font de petits chefs d'œuvre d'architecture.

— Ici, nous sommes dans l'avenue de la mer, la rue la plus commerçante de la ville. En ce moment, c'est un peu désert, mais lorsque la saison bat son plein, c'est noir de monde ici.

Josiane, savoure cette promenade imposée et les commentaires avertis de son hôte. Mais elle se retrouve rapidement devant l'étude du notaire avec lequel elle a rendez-vous et doit prendre congé de son chauffeur.

– Je vous remercie, Monsieur. Très aimable.

– Cela a été un véritable plaisir, chère Madame. Peut-être aurons-nous l'occasion de nous revoir ? Mais, je me rends compte que je ne connais même pas votre prénom.

– Josiane.

– Josiane ! Quel joli prénom ! Moi, c'est Marcel...

Les deux compagnons de route se serrent la main. Le géant fait vrombir sa petite Triumph rouge et file, cheveux au vent, vers sa destination.

Malgré elle, Josiane se sent perturbée : le voyage, cette ville de rêve qui invite plus à la rêverie qu'au travail. Comment les gens peuvent-ils rester consacrés sur leur activité ? Sans doute ais-je besoin de vacances se dit la commissaire. Pour reprendre ses esprits, Josiane inspire à fond. Elle ne sait pas trop ce qu'elle vient chercher là et encore moins ce qu'elle va y trouver, mais elle ne pouvait pas laisser passer cette opportunité d'en savoir plus sur les relations entre la secrétaire générale et le directeur. Quelque chose lui échappe ; elle le sent et elle aimerait savoir quoi. La sonnette prévient de sa présence et une personne vient l'accueillir.

– Madame Bombardier ?

– Oui, c'est moi. Bonjour Madame.

– Bonjour Madame Bombardier. Entrez et asseyez-vous, je vous en prie. Je préviens Maître Bernier de votre arrivée.

Quelques minutes plus tard, le notaire apparaît. Il ressemble à un notaire, en costume gris et cravate assortie. La chevelure rare est grise aussi, jusqu'au regard. L'homme se déplace lentement, donnant l'impression d'être blasé de tout. Son sourire est tout aussi gris que le reste. Un véritable camaïeu ! Le notaire invite la commissaire à le suivre dans son bureau. Les meubles et la décoration doivent être d'origine, les fauteuils ont le rembourrage avachi et les rideaux ont perdu leurs couleurs. Le tapis est usé jusqu'à la corde. Des monticules de dossiers s'entassent dans un angle de la pièce. Pas un ordinateur en vue. Ici aussi, on travaille à l'ancienne.

Le notaire au regard gris lève les yeux sur l'étrangère et l'invite à exprimer l'objet de sa visite.

— En tant que commissaire, j'enquête sur une affaire d'homicide et votre nom est apparu dans les mails de différentes personnes. Je ne sais pas encore si cela a un lien avec le meurtre qui m'occupe, mais je souhaite ne négliger aucune piste. C'est la raison de ma venue ici. Je souhaite que vous me disiez pourquoi vous étiez en relation avec Madame Xavière Barani et Monsieur Marc-Antoine de la Chapelle.

— Et bien, il y a vingt ans, je me suis occupé de la succession de Madame Duruc, une dame âgée, deauvillaise de naissance et qui toute sa vie a habité une maison située sur la côte, en dehors de la ville. En fait, elle est située sur la commune de Varaville, à l'ouest de Cabourg, ou plus exactement du Hôme-Varaville, en direction de Ouistreham. Tenez ; je vais vous montrer sur la carte. Vous allez comprendre. En fait, le Hôme est une avancée de la commune vers la côte. On y trouve quelques belles et grandes demeures de caractère et des habitations plus récentes et plus modestes, installées dans les dunes. C'était une femme seule, sans enfants et sans famille. Elle avait rédigé un testament dont elle m'avait confié l'exécution à sa mort. Dans ce testament, elle souhaitait léguer sa maison à l'association ANUV, avec certaines conditions.

— Quelles conditions ?

— Et bien la principale exigence était que l'association loue la maison, pendant au minimum vingt ans, à un prix inférieur au prix du marché et uniquement à des femmes seules.

– Comme c'est surprenant. Pourquoi cette volonté ?

– Oh vous savez, dans les testaments, on en voit tellement ! Seuls les légataires connaissent les raisons de leurs choix. Je suis habitué à bien plus farfelu que cela. Il arrive que les destinataires refusent le leg devant le niveau d'exigences du donateur. Ce sont parfois des cadeaux empoisonnés. Oh oui alors ! Je me souviens d'un donateur qui exigeait que l'argent de sa succession serve à récompenser chaque année un romancier, mâle, âgé de moins de trente ans, français de naissance et blanc de peau. Autant dire que devant ces exigences racistes et sexistes, personne n'a voulu accepter le don et pourtant la somme était rondelette. Placée sur un compte, elle aurait ramené des intérêts non négligeables.

– Mais sûrement aussi un procès en perspective ! Et l'association ANUV a-t-elle accepté la donation de Madame Duruc ?

– Finalement oui. Je me souviens qu'à l'époque, cela a fait débat chez eux. Il y avait, comme toujours, les pour et les contre, certains estimant que ce n'était pas du ressort de l'association de louer des biens. C'est la raison pour laquelle, ils ont finalement décidé d'accepter le leg, mais m'en ont confié la gestion complète, ne souhaitant pas avoir à s'occuper de cela au quotidien. Ce qu'ils souhaitaient c'est que cela ne leur coûte rien et que les loyers couvrent ma prestation, les impôts locaux et les petits travaux inhérents au vieillissement de la bâtisse.

– Et c'est ce que vous avez fait depuis vingt ans ?

– Parfaitement. Nous avons eu plusieurs locataires, mais qui sont chacune resté longtemps, car l'emplacement est intéressant et les conditions étaient exceptionnelles. La dernière locataire a dû être placée en maison de retraite par ses enfants, car elle souffre de la maladie d'Alzheimer et la maison se retrouve à nouveau vide. Comme nous avons dépassé la durée de vingt ans imposée dans le don, j'ai informé l'association que désormais, elle était libérée de ses obligations et qu'elle pouvait faire ce qu'elle voulait de cet héritage. Monsieur de la Chapelle a accusé réception de mon courrier puis m'a informé que le conseil d'administration de l'association avait mandaté Madame Barani pour intervenir en leur nom sur ce dossier.

— Si je comprends bien, l'association n'est plus obligée de louer à une femme seule et à un prix en dessous du marché, c'est bien ça ?

— Oui. Elle peut louer le bien comme elle l'entend et même, elle peut aussi l'occuper elle-même, le vendre, le transformer en restaurant... Elle en est désormais l'unique propriétaire.

— Intéressant... Continuez Maître.

— Madame Barani est venue pour visiter le bien, il y a de cela six mois environ. Elle n'a fait aucun commentaire, mais je pense qu'elle s'est bien rendu compte de la valeur de l'emplacement. La maison a du caractère ; elle est dans le plus pur style normand, mais il y a pas mal de travaux de rénovation à faire, car en vingt ans il n'a été fait qu'un entretien minimum. L'association ne s'est jamais intéressée à ce bien. D'ailleurs, personne n'est venu voir la maison avant la venue de Madame Barani.

— Et ensuite ?

— Quelque temps après la visite, Madame Barani m'a fait savoir que l'association souhaitait se dessaisir du bien et m'a demandé de réaliser une estimation, ce que j'ai fait bien sûr. J'ai évalué le prix de la maison en l'état entre 100 et 150 000 euros.

— Que s'est -il passé ensuite ?

— Quelque temps après, Madame Barani m'a informé que le conseil d'administration avait décidé de vendre le bien en l'état et qu'il était inutile de publier d'annonce, car ils avaient un acheteur qui pouvait payer cash et qu'elle me donnerait bientôt ses coordonnées pour préparer l'acte de vente.

— C'est tout ?

— Oui. Je suis dans l'attente de ses informations pour préparer les documents.

— Et Monsieur de la Chapelle, quelle a été la nature de vos échanges avec lui ?

— En fait, quand j'ai voulu recontacter Madame Barani pour lui donner des précisions qu'elle m'avait demandées sur le bien, je me suis aperçu que j'avais égaré ses coordonnées. Je ne suis pas très organisé, comme vous vous en êtes peut-être rendu compte et cela m'arrive malheureusement trop souvent. J'ai donc appelé le standard de l'association et la réceptionniste m'a orienté vers le directeur qui ne semblait pas du tout au courant. Je l'ai donc brièvement informé et il m'a donné le numéro de portable de sa secrétaire générale.

— Hum… Je vois. Maître, je souhaite profiter de mon déplacement pour visiter cette maison. Est-ce possible ?

— Oui bien sûr. Par contre, je vais demander à mon clerc de vous accompagner, car j'ai un rendez-vous dans un quart d'heure et je ne peux pas vous accompagner. Désolé.

— Ne vous excusez pas, Maître. Vos informations me sont très précieuses. Je vous remercie.

Après les salutations d'usage, la commissaire part avec le jeune clerc aperçu depuis la salle d'attente. Il l'invite à monter dans sa golf customisée et rutilante de polish, s'excusant de ne pas avoir nettoyé l'intérieur cette semaine, alors qu'il n'y a aucun grain de poussière ni aucun poil sur les sièges ni même au sol.

— Vous aimez les voitures, jeune homme ? lance la commissaire pour engager la conversation.

— Oui, c'est ma passion. Quand j'étais petit, je rêvais de devenir coureur automobile.

— Clerc de notaire, ce n'est pas mal non plus ! C'est moins risqué en tout cas.

— C'est de l'humour ?

— Juste une tentative. Vous n'êtes pas obligé d'apprécier.

— Clerc de notaire dans une petite étude d'une petite ville de province, je vous laisse imaginer. Non, ce n'est pas vraiment fun. En plus, on est forcément au courant de toutes les petites histoires des uns avec les autres. Pour moi, le plus dur c'est de devoir garder le secret professionnel alors que je n'ai qu'une envie, c'est de lâcher des informations croustillantes pour rigoler un peu. Je sens qu'un jour ça va m'arriver, sous l'emprise de l'alcool ou autre chose et là, ça en sera fini de ma carrière. Au moins, sur Paris, vous, vous êtes tranquilles. Avec deux millions de Parisiens, vous risquez moins de tomber sur la personne dont vous parlez ou sur un proche.

— Détrompez-vous. C'est incroyable les secrets qui peuvent s'échapper dans les restaurants ou les transports en commun.

— Nous voilà arrivés.

— Déjà ? Effectivement, la maison est toute proche de Cabourg. Tout se situe dans un mouchoir de poche ici. C'est cette demeure ?

— Oui. J'ai pris les clefs ; je peux vous faire visiter l'intérieur.

— Allons-y.

La commissaire est impressionnée par l'implantation de la maison en bordure de dune, avec une vue imprenable sur la mer. Haute de deux étages, dans le plus pur style normand avec ses colombages croisés, la maison est entourée d'un jardin autrefois fleuri, mais aujourd'hui en friches. Le tout aurait besoin d'un bon ravalement, mais il y a de beaux restes. Les pièces sont desservies par un grand couloir central. Les plafonds, ornés de moulures fatiguées, mais encore bien présentes, sont hauts, ce qui confère de beaux volumes à l'intérieur. Les fenêtres étroites, mais bien hautes, elles aussi, laissent entrer une franche lumière. La vue depuis le salon est à couper le souffle. On se sent seul au monde. Par temps de tempête, l'atmosphère doit être extraordinaire !

— Je ne suis pas spécialiste de la décoration et encore moins de l'immobilier, mais j'ai le sentiment qu'il y a du potentiel ici, conclut la commissaire.

— C'est sûr, approuve le clerc, en jouant avec les clefs de sa voiture. Si vous en avez terminé, je peux vous déposer à la gare de Dives.

— Bonne idée jeune homme. Je vais profiter encore une fois de votre beau taxi.

En entendant le compliment, le clerc redresse la tête et décroche un large sourire. À la gare, la commissaire consulte les horaires des prochains trains en partance pour la capitale. Elle dispose d'un peu plus d'une heure devant elle. Sa main plongée dans la poche de son imperméable tombe sur la carte de visite du géant cabourgeais. L'adresse indiquée est située au 9 avenue Pasteur à Cabourg. C'est à quelques minutes de la coquette gare normande. La commissaire décide de s'y rendre. Lorsqu'elle entre dans l'agence immobilière, le géant la reconnaît aussitôt et l'accueille avec empressement.

— Chèèèère Madame, comme je suis heureux de vous revoir si vite. Vous ne pouvez déjà plus vous passer de moi ?

— Hum… Disons plutôt que je souhaite un renseignement.

— Tout ce que vous voudrez, Josiane. Je ne pourrais rien refuser à ces yeux magnifiques. Cela ne vous dérange pas que je vous appelle par votre prénom, au moins ?

— Euh…non.

— Alors, appelez-moi Marcel. Cela me fera plaisir.

— Heu… si vous préférez.

— Alors qu'attendez-vous de moi ? Je suis prêt à répondre à toutes vos demandes.

— Je ne vous en demande pas tant. Simplement, je me disais qu'en tant qu'agent immobilier, vous pourriez me renseigner sur une maison apparemment inhabitée et qui me plaît bien.

— Mais oui, bien sûr. Pratiquement tout passe par moi ici. Je suis incontournable ! De quelle maison s'agit-il ?

— Elle est située au Hôme-Varaville, rue ou plutôt impasse Jeanne Thérèse. Une maison aux volets couleur prune, comme la vigne vierge qui grimpe aux murs.

L'air réjoui du géant disparaît comme neige au soleil.

— Oh, cette maison n'est pas à vendre. Elle appartient à une association qui la loue, mais elle n'est pas entretenue. Tout est à refaire.

— J'ai bien vu. Je me demandais combien une telle maison pouvait valoir.

— Oh si vous voulez mon avis, en l'état, pas grand-chose, mais avec quelques travaux, sa valeur peut s'envoler. Cela ne m'étonnerait pas que l'on dépasse les 300 000 euros. Ici, le marché de l'immobilier se porte bien ; il y a de nombreux Parisiens et de plus en plus d'étrangers qui recherchent des maisons secondaires. Nous sommes à deux heures et demi de Paris et une demi-heure de Caen et puis, la région est sympa. Un bien ne reste jamais disponible très longtemps. Si vous recherchez une jolie maison typique, j'ai quelques bonnes affaires à vous présenter. Quel est votre budget, Josiane … ?

— Josiane Bombardier. Je me renseignais simplement. Je ne suis pas prête.

— Et votre compagnon ou votre petit ami, peut-être ?

— Euh. Comme je vous l'ai dit, je ne suis pas mariée, ni en couple. Je vis seule avec mes chats.

— Parfait ! J'adore les chats ! Sachez que vous avez devant vous l'homme qu'il vous faut pour mener à bien votre projet. Je peux vous faire visiter la région ; je la connais comme ma poche. Voulez-vous que nous fixions un rendez-vous ? Je vous consacrerai le temps qu'il faudra !

Dans un éclair de lucidité, la commissaire fixe son interlocuteur et lui rétorque :

— Ma parole, mais vous me draguez ; je ne rêve pas ! Écoutez, nous allons en rester là pour l'instant sinon je vais rater mon train. Mais, promis. La prochaine fois que je reviens sur Cabourg, je vous fais signe.

Sur ce et sans plus de formalités, la commissaire tourne les talons et repart d'un pas rapide vers la gare, en priant le ciel que Marcel le géant ne lui coure pas après dans un élan de passion incontrôlée. Ces cabourgeais ont le sang bien plus chaud que les italiens pense-t-elle. Une rapide vérification rassure Josiane Bombardier. Personne ne la suit. Pendant le voyage de retour, la commissaire relit les notes prises sur son cahier à réglure Seyès et visionne les photos sur son téléphone.

— Oaaahhh...

Entre deux bâillements, la commissaire allonge ses jambes et prend ses aises, seule, sans passager à côté d'elle cette fois-ci.

— Tout cela mérite des explications, marmonne la commissaire. La secrétaire générale et le président vont devoir m'expliquer ce qu'ils manigancent. Et si le directeur avait découvert leur plan ? En voilà un bon motif pour l'éliminer.

Installée dans le train du retour, Josiane Bombardier repasse une fois de plus dans sa tête les déclarations des témoins. Elle va les repasser autant de fois qu'il faudra pour trouver les failles. Entre deux déclarations, la grosse tête du géant Marcel apparaît. Sa bouche s'entrouvre, ses dents brillent de désir. Il hôte son haut de forme et l'invite à monter dans son carrosse, tiré par une grande voile multicolore. Au bout d'une demi-heure de trajet, la commissaire s'est endormie. De toute façon, Paris étant le terminus du voyage, elle ne peut pas rater l'arrêt.

Retour au 36

Josiane Bombardier gravit une à une les cent quarante-huit marches de l'escalier central, sous le filet anti-suicide, puis longe le couloir au lino noir usé pour rejoindre son petit bureau, sous les combles, glacial l'hiver, torride l'été. Le vasistas a de plus en plus de mal à s'ouvrir au contraire des écailles de la peinture qui s'écartent de plus en plus du mur. Ici, il vaut mieux aimer le style vintage. Tout est dans son jus d'origine. Malgré la vétusté et l'exiguïté de la pièce, la commissaire est attachée à ces quelques mètres carrés qui en ont vu défiler bien des coupables. Elle y a même organisé des gardes à vue lorsque les cellules étaient à saturation. Elle en a passé des heures ici, bien plus que dans son petit appartement montmartrois. Un jour, elle s'est promis de les compter, lorsqu'elle partirait à la retraite. Le plus tard possible, espère-t-elle. C'est ici qu'elle vibre, qu'elle aime vivre. C'est devenu son univers, sa deuxième famille, sa raison d'avancer. Elle n'imagine pas ses journées vides de sens, d'adrénaline. Elle ne se voit pas tuer le temps en se promenant, en buvant un verre avec ses copines ou en faisant du shopping. Oh non, très peu pour elle. Sa vie est ici, au 36 quai des Orfèvres, le siège mythique de la police judiciaire parisienne. Elle y a croisé de célèbres truands et même des vedettes comme Serge Gainsbourg, un habitué des lieux. Elle y a vu quelques tournages de films, rendus compliqués par la nécessité absolue de ne pas entraver le fonctionnement des services. Tant de souvenirs sont attachés à ce lieu.

— Polo, tu me ramènes la secrétaire générale. J'ai quelques explications à lui demander.

— À...à vos ordres! C'était bien votre p...petit voyage à Cabourg?

— Très instructif, oui. Je ne regrette pas d'avoir fait le déplacement. J'ai appris des choses qui méritent des éclaircissements et je compte bien les obtenir rapidement.

Paul Holo revient quelques instants plus tard, accompagné de Xavière Barani, que le séjour en cellule n'a pas calmée. Le chignon défait et le tailleur froissé, la secrétaire générale défit la commissaire. Elle se résout à s'asseoir sur l'insistance des policiers.

— Je vous préviens. Vous payerez très cher vos façons de traiter les braves gens. Jamais de ma vie, on n'a osé me malmener ainsi.

— Je n'en doute pas un seul instant, mais, nous, voyez-vous, nous avons un meurtre à résoudre. Un homme est mort; ce n'est pas anodin et plus le temps passe, plus les chances de découvrir la vérité s'amenuisent. Encore une fois, je vais aller droit au but, ne vous en déplaise, Madame Barani. Dans votre intérêt, je vous conseille vivement de collaborer. De toute façon, si vous êtes innocente, comme vous le prétendez, nous finirons par le savoir. Aidez-nous plutôt à démasquer le vrai meurtrier.

La secrétaire générale s'étant un peu radoucie, la commissaire poursuit :

— Nous avons découvert dans votre boîte électronique des échanges de mails avec un notaire de Cabourg, Maître Bernier. Cela nous a intrigués d'autant plus que nous avons découvert également des correspondances dans la boîte mails de Monsieur de la Chapelle. Nous avons donc cherché à savoir pourquoi vous étiez tous les deux en relation avec cette étude de province et avons découvert l'existence de cette maison, propriété de l'association depuis vingt ans.

— Oui et alors ?

— Alors, nous pensons que, ayant flairé la bonne affaire immobilière, vous avez saisi l'occasion de vous positionner en tant qu'acheteuse pour réaliser à terme une bonne plus-value. Je me réfère au procès-verbal du CA [1] du 3 avril dernier dans lequel il est spécifié que, selon vous, le bien est très dégradé et qu'il vaut mieux s'en débarrasser rapidement. Visiblement, le conseil d'administration n'y a vu que du feu puisque vous avez obtenu le mandat nécessaire pour solder cette affaire. Nous pensons que le directeur s'est rendu compte de votre petit manège et a voulu y mettre un terme. C'est une raison supplémentaire de vous débarrasser de lui, non ?

— Non

— Non ?

— Non. Ce n'est pas moi qui voulais acheter cette bicoque.

— Tiens donc et qui donc ?

— ……

— Je répète ma question. Qui voulait acheter la maison de Varaville ?

— Madeleine Pinson.

— Madeleine ? Mamie Gâteaux ?

— Oui. Elle est adhérente de l'association depuis bien plus de vingt ans et elle est une des rares à se souvenir de ce leg. Elle avait parfaitement mémorisé que le bien était intouchable pendant vingt ans et qu'après, l'association pouvait en faire ce qu'elle voulait. Aussi, un jour, elle est venue me voir en me disant qu'elle avait connaissance de ce leg et qu'elle était intéressée pour racheter la petite maison, en prévision de sa retraite. Sur le coup, je n'y ai pas vu d'objection, mais elle voulait l'obtenir pour un prix vraiment très bas. Ce n'était pas évident. Je me suis

1. *Conseil d'administration*

dit que si le directeur ou un administrateur se mettaient à étudier le dossier d'un peu trop près, ils découvriraient vite la supercherie. J'ai d'abord résisté, mais Madeleine, qui a toujours eu la mauvaise habitude d'écouter aux portes, avait eu vent de mes petits arrangements avec Michel Meurisse. Alors, elle m'a menacé de me dénoncer. Sur le coup j'ai eu peur et j'ai cédé à ses menaces. Je lui ai promis d'arranger la vente à son profit.

— Et ?

— Et bien, ensuite, je me suis rétractée, car je me suis dit que si elle m'accusait de fausses factures, moi, je pouvais l'accuser de vouloir spolier l'association. Je lui ai fait croire que j'avais enregistré une de nos conversations et elle est tombée dans le panneau. C'était il y a huit jours et depuis, elle n'est pas revenue à la charge. J'avoue qu'avec ce meurtre, tout cela m'est sorti de la tête.

— Moi, ce que je crois plutôt, Madame Barani, c'est que lorsque vous avez vu la maison, vous avez vite compris tout l'intérêt de récupérer ce bien immobilier et toute la plus-value potentielle. C'est pour cela que vous avez changé d'avis. Je ne crois pas un seul instant à votre remords soudain. Désolée.

— Mais...

— Je sais par Maître Bernier que vous avez fait le déplacement jusqu'à Varaville pour vous rendre compte sur place. C'est là que vous avez pris conscience de l'enjeu financier et que vous avez décidé de changer de stratégie.

— Mais non.

— Bon, nous allons en rester là pour aujourd'hui. Vous allez retourner en cellule. Vous êtes toujours mon principal suspect. Avec deux raisons d'éliminer votre directeur, j'ai largement de quoi vous envoyer au trou.

— Mais ce n'est pas moi qui l'ai tué.

— Vous vous répétez chère Madame et je ne suis pas

sourde. Polo, s'il te plaît ! Bonsoir Madame Barani.

— Vous...vous...me le...p...

Emmenée manu militari vers sa cellule, la secrétaire générale continue de protester contre cette lamentable erreur judiciaire.

La faute au céleri

De retour, Paul Holo lance à sa supérieure :

– Je p...parie que vous allez vouloir p...parler à Mamie Gâteaux.

– On ne peut rien te cacher mon petit Polo. Je te prédis une belle carrière, toi ! Qu'est-ce qu'on fait ? On va chez elle ou la fait venir ici ? Dans le premier cas, on sent mieux les choses en voyant l'environnement, les proches... Dans le second cas, on est en position de force pour faire craquer la personne interrogée. C'est comme tu veux. Je te laisse choisir.

– O...On n'a rien c...contre elle. Lui faire avouer quoi ? Qu'elle essayait de r...récupérer une vieille maison p...pas chère ? On s'en fout. Nous, ce qui nous intéresse, c'est de découvrir qui a tué le directeur.

– Ce n'est pas faux. Donc, on va chez elle. Je t'emmène.

Sur l'autoroute, fluide à cette heure de la journée, la commissaire poursuit sa réflexion à voix haute.

– C'est dommage qu'elle ait cet alibi, la secrétaire générale car, avec ses (au moins) deux raisons d'éliminer le directeur, elle est la coupable parfaite. Il y a encore un truc qui m'échappe. Je le sens depuis le début et ça a le don de m'énerver.

– J...Je suis sûr que vous allez t...trouver. C'est t...toujours comme ça que cela se termine avec vous !

– Tu es sympa, mon p'tit Polo. Mais, en fait, j'ai toujours peur de me casser les dents, un jour, sur une affaire trop complexe et de rester bredouille comme quand, petite, je revenais de la pêche avec mon père, sans le moindre petit poisson dans mon panier. Quelle honte ! Je n'ai pas envie de connaître cela à nouveau, tu comprends ?

— O...Oui, je c...comprend. Moi aussi, je ressens ça parfois. Nous sommes arrivés à Sens. D'après le GPS, nous sommes à cinq minutes de notre point d'arrivée.

Effectivement, quelques minutes plus tard, les deux policiers sonnent à la porte de Madeleine Pinson qui habite un immeuble ancien, dans le centre-ville de Sens. Malgré la proximité du boulevard, l'endroit est plutôt calme. La porte s'ouvre et l'administratrice paraît très surprise à la vue des deux policiers qui la saluent.

— Excusez-moi, j'attendais une amie. Je pensais que c'était elle. Entrez, je vous en prie.

L'intérieur est beaucoup plus simple que chez la secrétaire générale. Ici, pas d'œuvre d'art, mais des poupées partout, en nombre impressionnant, de toutes tailles, de toutes époques. Il y en a tellement que les visiteurs ne savent pas trop où s'asseoir et se sentent comme mal à l'aise tant il y a de regards qui les observent.

Madeleine Pinson ne peut s'empêcher de leur offrir un café et un morceau de gâteau, tout chaud et tout juste sorti du four. D'ailleurs, ça sent bon à l'intérieur de l'appartement et avec toutes ces poupées, les visiteurs ont l'impression de retomber en enfance. Une fois s'être exécutée et avoir félicité Madeleine pour ses indéniables talents de cuisinière, la commissaire se lance :

— Madame Pinson, vous connaissez le Hôme-Varaville, à côté de Cabourg ?

— ... Euh... oui, répond Madeleine d'une petite voix.

Les mains posées sur les genoux se resserrent. La gêne transparaît soudain.

— Nous savons que l'association y possède une maison, léguée par un généreux donateur, il y a vingt ans et désormais libérée de toute contrainte. Vous aussi n'est-ce pas ?

– Euh... Oui. J'étais déjà administratrice quand l'association a reçu la donation.

– D'après Madame Barani, vous lui avez signifié votre intérêt pour racheter ce bien, en lui faisant comprendre qu'elle avait, disons, intérêt à arranger cette affaire en votre faveur. En clair, vous l'avez menacée de dénoncer ses petites magouilles si elle ne faisait pas en sorte que vous récupériez la maison. C'est bien cela ?

– ...Euh, oui. Je trouvais injuste qu'elle et tous les autres se sucrent un maximum sur le dos de l'association et que moi, qui suis là depuis si longtemps, je ne retire rien du tout. J'en ai marre qu'on me traite comme une bonniche. Jamais un petit mot gentil ; jamais un geste d'amitié. Des humiliations, j'en ai eu d'innombrables en presque trente ans de présence ! Notamment de la part de ce grincheux de Maupant. Il m'a fait pleurer plus d'une fois. Ce que je fais n'est jamais assez bien. Il me traite tout le temps d'incapable. Ces dernières années, avec l'arrivée de cette secrétaire générale autoritaire, l'atmosphère s'est encore plus dégradée. Les relations sont devenues tendues d'abord entre les élus et les salariés, tous jugés fainéants ou incompétents. Aucun ne trouve grâce aux yeux de la secrétaire générale et de Maupant. Ils forment un couple infernal et ils entraînent les autres dans leurs méchancetés. Et puis, les relations se sont également dégradées entre les élus. Les attaques verbales vont bon train au conseil d'administration. L'atmosphère est devenue tellement pesante que je me pose la question de démissionner. À quoi cela sert d'être bénévole dans une association, si on en retire pas un minimum de plaisir ?

– Donc, vous vous êtes dit que vous alliez vous servir avant de partir prendre une retraite bien méritée au bord de la mer. C'est bien cela ?

— Interprétez cela comme vous voulez. Je m'en fiche.

— Le problème c'est que cette chère secrétaire générale que vous avez menacée si elle ne vous aidait pas à récupérer le bien, a décidé de ne pas se laisser faire. Et le directeur dans tout ça ?

— Je pense qu'il commençait à se douter sérieusement de quelque chose, car je sais qu'il a eu des contacts avec le notaire. C'est la petite Amélie Proult à l'accueil qui me l'a dit. Je pense qu'il a découvert l'histoire du leg. Par contre a-t-il eu connaissance du projet de vente en l'état ; je ne sais pas.

— Pourquoi a-t-il été tué alors ?

— Euh...Je...ne...sais pas.

— Mon petit doigt me dit que si. Vous ne nous dites pas tout, Madame Pinson. On vous écoute.

— Je...je ne sais pas moi ....qui a fait ça.

— Réfléchissez bien. Vous étiez présente ce jour-là et même très proche de tout le monde puisque c'est vous qui serviez le repas.

— Mais non ; Je ne sais pas qui a mis le poison dans l'assiette du directeur.

La commissaire et son assistant échangent un regard et au bout d'une minute et demie de réflexion, Josiane Bombardier pose cette question capitale.

— Mais, comment saviez-vous le poison était dans l'assiette ? Jamais nous n'avons évoqué ce point. D'ailleurs nous ne le savions pas.

— Mais...mais...je ne sais pas moi....

— Madeleine, c'est vous qui avez empoisonné le directeur ? Mais oui bien sûr, vous aviez accès à la nourriture puisque c'est vous qui avez tout préparé. Comment n'y ai-je pas pensé plus tôt ? Depuis le début, j'étais persuadée que quelqu'un avait placé un champignon mortel dans le panier du directeur et qu'il s'était empoisonné en se faisant une omelette chez lui. Mais non, en fait, il a été empoisonné pendant le pique-nique. Le temps que l'amanite phalloïde fasse effet, il était rentré chez lui. Mais pourquoi avoir tué le directeur ? Il n'était pas au courant du projet de vente.

Madeleine Pinson est effondrée. Elle triture son mouchoir dans tous les sens et entre deux sanglots finit par déclarer :

— Je ne voulais pas le tuer. C'est ...c'est...

— Célimène ! Euh, excusez-moi, bredouille l'assistant.

— Alors, j'écoute, reprend la commissaire. C'est ?

— C'est la Xavière que je voulais empoisonnée, mais le directeur n'aimait pas le céleri rémoulade. Alors il a échangé son assiette avec celle de la secrétaire générale et quand je l'ai vu, c'était trop tard. C'est à elle qu'était destiné le poison. Je voulais m'en débarrasser, car elle allait me prendre ma petite maison au bord de la mer, la garce ! Si vous saviez comme je regrette. C'est à cause de toute leur méchanceté que je suis devenue comme ça. J'ai complètement changé à leur contact. Ils ont un pouvoir de nuisance terrible.

— Mais, dites-moi Madeleine, comment avez-vous introduit l'amanite dans l'assiette de crudités sans que cela se voit ?

— Un jour, j'ai assisté à une conférence sur les champignons, organisée par Monsieur Fuchs. Ils ont présenté l'amanite phalloïde et ses pouvoirs terribles et ils ont dit que l'amatoxine, la substance mortelle, était toujours active, même séchée. Alors, ce jour-là, à la fin de la conférence j'ai récupéré discrètement l'échantillon ayant servi à la présentation et je l'ai séché. Puis, je l'ai réduit en poudre et mélangé à la sauce, avec beaucoup de moutarde pour masquer le goût bien que, paraît-il, le goût de l'amanite est plutôt agréable.

— E...Et bien, si je m'attendais à ça, soupire Paul Holo. Vous êtes la personne la p...plus sympathique de la b...bande et finalement, c'est vous l'assassin. Il n'y a vraiment p...pas de morale.

— Pour moi, Polo, même si c'est Madeleine Pinson qui sera officiellement déclarée comme l'empoisonneuse du directeur, ce sont tous ces tordus qui sont les vrais responsables.

— O...Oui, mais eux vont s'en tirer sans p...peine. Non seulement il n'y a p...pas de morale à cette histoire, mais il n'y aura p..pas non p...plus de justice.

— Madeleine Pinson, je vous arrête pour le meurtre de Marc-Antoine de la Chapelle. Veuillez nous suivre.

Les deux policiers emmènent la coupable sous le regard fixe de milliers d'yeux, comme autant de reproches...

Zoé

Dégoûtée par la tournure prise par les évènements, Josiane Bombardier n'en est pas moins soulagée d'avoir bouclé cette affaire affligeante. Nous sommes samedi. Josiane attend l'arrivée de sa petite Zoé d'un moment à l'autre. Son week-end va être bien chargé et elle s'en serait voulu de rater cette occasion de bien s'amuser.

Pour tenir le coup et supporter toutes les horreurs que son métier lui impose de voir, Josiane se ménage des plages de décompression où elle s'accorde des excentricités libératrices. Un jour, après avoir bouclé une affaire sordide qui l'avait ébranlée plus que d'habitude, Josiane avait « pété un plomb », comme on dit. Cela faisait des semaines qu'avec son équipe, elle pistait une bande de braqueurs. Les jours se suivaient. L'attente était longue. Il fallait tenir des planques toutes les nuits, en espérant arrêter les malfaiteurs en flagrant délit et les gars étaient épuisés. L'alcool et la cigarette aidaient à tenir le coup. Les gars s'envoyaient des vannes, ils pratiquaient un humour de bas niveau et souvent orienté sur le sexe, ils proféraient des jurons. C'était leur manière de faire bonne figure malgré la fatigue et la peur aussi, car les braqueurs surveillés étaient tout sauf des enfants de chœur. La moindre inattention, la plus petite erreur, pouvait s'avérer dramatique. Et c'est justement ce qui était arrivé. Un défaut d'attention et l'équipe s'était faite repérer. Illico, les braqueurs s'étaient enfuis et dans la course poursuite qui s'en était suivie, un des policiers qui conduisait, probablement trop fatigué, avait provoqué un grave accident, causant la mort d'un innocent. Le policier fautif avait été mis aux arrêts ; sa carrière était terminée. C'était lui qui s'était retrouvé sur le banc des accusés, jugé responsable devant la justice alors qu'il ne faisait que son travail. Certes, il avait tué un homme, mais c'était un accident. Les vrais responsables se trouvaient parmi la hiérarchie, celle qui demande toujours plus de résultats, tout en rechignant sur les moyens. Combien de fois, Josiane avait eu envie d'étrangler les contrôleurs généraux ou les procureurs et leurs substituts qui n'avaient cure des souffrances des policiers ! Cette fois-ci, c'en était trop et Josiane avait avalé un tube entier de somnifères dans l'espoir de mettre un terme à sa trop grande lassitude. Elle n'en pouvait plus d'être confrontée si souvent aux violences, à la peur, à la mort. Malgré son aptitude naturelle à la résilience, elle avait rendu les armes. Elle qui se sentait une âme de guerrière, qui était prête à défendre toutes les victimes de la terre, avait supporté trop d'épreuves, trop affronté la misère et le malheur. Elle savait maintenant que jamais elle ne serait la superwoman que, petite, elle rêvait d'être.

Suite à son geste désespéré, et sur l'insistance de sa fille, Josiane Bombardier avait finalement accepté les recommandations de sa hiérarchie qui voulait absolument lui faire rencontrer un psychologue de « la maison ». Cette rencontre s'était révélée bénéfique et Josiane gardait en mémoire la dernière recommandation de ce médecin empathique, touché par la souffrance de la commissaire : « *Soyez une bonne mère pour l'enfant qui sommeille en vous* ».

Depuis cette prise de conscience, Josiane se montre un peu plus bienveillante avec elle-même. Ainsi ne ressent-elle plus de scrupules à retomber de temps en temps en enfance. Ces petites régressions la ressourcent et lui remontent le moral. Pour cela, elle a une alliée de choix en la personne de sa petite fille, Zoé, toujours prête à faire la folle avec sa grand-mère.

Toc, toc, toc ! La vieille femme bossue, habillée de haillons informes, ouvre la porte en tremblant.

– Aaaahhhhh... Au secours !

– Ne crains rien, ma belle et entre dans le repère de la sorcière de Montmartre, répond une voix grave et inquiétante.

En disant ces mots, la vieille femme en guenilles tire la jeune fille par le bras et la fait entrer de force dans l'appartement que les rideaux tirés ont rendu sombre, et qui n'est éclairé que par quelques bougies placées devant des masques hideux animés par une lumière vacillante

Cette fois, ni Franck, ni Elvis ne sont là. Leur voix sensuelle a laissé la place à des chants celtiques mystérieux, presque lugubres. L'atmosphère est effrayante.

– Alllllors, mon enfffffant ? ricane la sorcière.

Un large sourire laisse apparaître une dentition très irrégulière, parsemée de trous.

– Tu es horrible, mamie. Tu m'as vraiment fait peur. Je n'ai jamais vu une sorcière aussi vilaine. Ça me fait tout drôle de te voir sans ton pantalon de cuir ; et qu'as-tu fait à tes cheveux ?

– Je les ai teintés en rouge et crêpés. Pas mal, hein ? Avec mon chapeau pointu, pour capter les énergies célestes, c'est encore mieux. Regarde comme il me va bien !

– Ah oui ; trop bien. Même les chats n'ont pas l'air rassurés. Ils restent cachés derrière le fauteuil. Ça n'a pas l'air de leur plaire. Brico ! Casto ! venez les matous...

Aucune moustache à l'horizon.

– Je crois qu'ils boudent pour de bon. Moi, en tout cas, je suis sûre que tu vas gagner le concours de la plus méchante sorcière, Mamie.

– Mais j'y compte bien, ma belle. J'ai mis au point ma

formule magique pour mettre le jury dans ma poche et j'emporte ma fiole de venin de vipère avec moi. Si je ne gagne pas, je les asperge avec mon terrible poison.

— Fais voir tes ongles. Waouah ! Peints en noir et longs comme des griffes de vautour, ils ont l'air redoutables.

— C'est fait pour, ma petite. Avec ça, tu ne peux m'échapper. Mais, tu es pas mal non plus, toi, en vilain corbeau. Très réaliste ce costume !

— Bon. On y va mamie ? J'ai très envie de défiler. Tu crois qu'il va y avoir du monde à la parade d'Halloween ?

— J'espère bien, Zoé. Je n'ai pas passé tout ce temps à me rendre encore plus laide que d'habitude pour rien. Allez ; je prends mon balai pour me défendre contre les démons et on y va. Où est ta mère ?

— Tu ne l'as pas vue ?

— Ben, non.

— Normal. Elle s'est déguisée en fantôme !

— Ah, très drôle, Zoé ! Tu es ma digne petite fille !

— Elle nous rejoint, mamie. Elle est allée chercher des gros sacs de bonbons pour jeter aux enfants.

— Ta mère est comme moi. Je suis contente qu'elle ait gardé son âme d'enfant. Elle a cette capacité à s'émerveiller de tout et à apprécier l'instant présent. J'espère que toi aussi, tu garderas cette fraîcheur le plus longtemps possible, ma chérie. C'est important pour voir la vie positivement. Souviens-toi de tes rêves et quand tu seras grande tu pourras les réaliser. Si les épreuves ralentissent ton chemin, tu sauras les affronter avec la foi des grands idéalistes qui ne lâchent rien et savent ne retenir que le meilleur.

— Je ne comprends pas tout ce que tu me dis, Mamie.

— Oh ! Excuse-moi. C'est à moi que je parle en fait.

— Tu rêves tout haut, quoi !

— Oui, c'est ça. Allez, on y va. Et, je ne t'ai pas encore

dit, mais après la parade, une surprise vous attend ta mère et toi. Pour fêter Halloween, ma participation, et j'espère ma victoire, au premier concours de sorcières, je vous ai préparé un petit canard laqué, dont vous me direz des nouvelles.

– Chic ! On va passer un week-end d'enfer, toutes les trois, mamie. Je t'adore !

Parmi ses vampires et ses fantômes, mais loin de ses démons, Josiane Bombardier est aux anges.

L'effet d'une bombe

Madeleine Pinson coupable du meurtre du directeur, l'annonce de la nouvelle a fait l'effet d'une bombe au sein de l'association. Le coupable ne se cachait derrière aucun des nombreux suspects, servis sur un plateau aux deux policiers. Et pourtant, à bien y réfléchir, les vrais coupables c'était bien eux. Salariés et bénévoles passaient leur temps à se détester. Par leur méchanceté, par leur égoïsme, ils avaient entraîné dans leur sillage malfaisant la plus gentille d'entre eux.

Jamais la commissaire n'aurait pu imaginer découvrir une ambiance aussi nauséabonde dans un milieu associatif. C'était une triste découverte dont elle s'était entretenue avec le psychologue du 36, un soir où tous les deux s'étaient retrouvés autour d'une bière. D'abord méfiante face à ces « médecins de l'âme » qu'elle jugeait trop intrusifs, Josiane avait fini par être convaincue de l'intérêt de leur présence et elle les côtoyait désormais sans appréhension. Le psy du 36 était un homme affable, blindé par tout ce qu'il avait pu entendre d'horreurs et qui pourtant restait positif en toutes circonstances. Il savait temporiser et faire baisser les tensions même dans les moments de crise et rien que pour cela, Josiane le respectait. Après l'avoir écouté dans un silence religieux, comme à son habitude, le psy tente d'expliquer.

— Dans une entreprise dont l'objectif clairement affiché est de faire des affaires et accumuler le plus possible de profit, ce type de rapports humains est assez fréquent. Les tensions entre collègues soumis à forte pression, la jalousie aggravée par des traitements inégaux, la diffusion de rumeurs, l'apparition logique de clans... tout cela est malheureusement caractéristique du monde du travail. Il suffit de l'arrivée d'une personne toxique pour que le cercle vicieux de la contagion se mette en route. Cette personne, par qui tout arrive profite des moments de faiblesse des autres pour les manipuler afin de les mettre sous son contrôle. Les animosités, la mauvaise foi et parfois la malhonnêteté agissent comme des amplificateurs. Le processus malsain est enclenché et alors là...

— Mais une association, bon sang, comment peut-elle en arriver là ?

— Un bénévole, c'est une personne qui fait don de son temps pour aider les autres ou soutenir une cause à laquelle elle croit. C'est un acte de générosité avant tout et on imagine aisément qu'un tel dévouement ne peut venir que d'une belle personne, animée par des sentiments louables, des valeurs qu'elle essaie de défendre avec conviction. Malheureusement, le milieu associatif regorge de personnes qui viennent là pour régler des problèmes personnels. Certains, à l'ego surdimensionné, souhaitent y exercer un pouvoir qu'ils n'ont pas réussi à pratiquer dans le milieu professionnel. D'autres voient dans leur implication le moyen d'échapper au milieu familial : une mère ou une épouse trop envahissante par exemple. Pour certains, il s'agit d'une couverture pour dissimuler une double vie. Toutes ces personnes, en se méprenant dans leurs combats internes, polluent ce qui fait le sens même du monde associatif : l'intérêt général, le bien-être collectif.

— J'ai le sentiment d'avoir reçu tellement d'ondes négatives, pendant les quelques jours passés dans les beaux bureaux de l'avenue de la Bourdonnais. J'ai bien cru que j'allais perdre mon fameux flair.

N'ayant aucune envie de maintenir le lien avec

quiconque dans l'association, c'est par son assistant, Paul Holo, que la commissaire apprit la démission de tout le conseil d'administration, suite au scandale provoqué par les magouilles en tous genres des administrateurs, désormais étalées au grand jour.

– Comment sais-tu cela, Polo ?

– C...C'est grâce à A...Amélie, Patronne.

– Miss Prout ? Vous vous fréquentez toujours ? Tu rougis. C'est du sérieux ?

– E...Euh...oui, mais c'est récent et, je vous rassure, il ne s'est rien passé entre nous. Enfin, je veux dire, rien de... rien de... Enfin, vous comprenez.

– Mais, mon p'tit Polo, tu es libre de faire ce que tu veux maintenant avec Miss Prout. L'affaire est bouclée. La coupable est sous les verrous. Tu peux draguer qui tu veux maintenant, même la Xavière si ça te dit.

– Oh non alors. P...Pas elle ! D'ailleurs, ce serait bien d...difficile.

– Pourquoi ?

– E...Et bien, les d...découvertes de la brigade financière ont déclenché des contrôles en tous genres qui ont, évidemment, révélé de nombreuses irrégularités dont la p...paternité lui est revenue. Elle est aujourd'hui à Fresnes et à mon avis, elle va y rester q...quelques années. Son ami et concubin à mi-temps, Michel Meurisse, a rejeté toute la responsabilité sur elle et il n'a pas été condamné. Je crois qu'il a fait intervenir des appuis qui l'ont bien aidé.

– De toute façon, ce n'est pas l'amour qui les réunissait ces deux-là. Ça se voyait. Que sont devenus les autres ? Le président ?

– Alors, lui, il s'est exilé aux États-Unis et a complètement disparu de la circulation, en France du moins. Je pense qu'on n'est pas prêts de le revoir. Quant à P...Pan pan, il a fait un infarctus, quelques semaines après le procès. Il fallait s'en douter, sanguin comme il était. Depuis, d'après mes informations, il est bien diminué et ne vient plus sur P...Paris.

— Qu'il reste aux fins fonds de sa Bretagne. Il fera moins de dégâts ! Et les autres : la bourgeoise du 16e ? le bigleux ?

— J...Je ne sais pas trop ce qu'ils deviennent. Edmond Fuchs, le renard, assure la présidence par intérim et le vieux beau, Patrice Lebault, est toujours trésorier. Ça lui permet de continuer à faire ses petites affaires cochonnes en toute discrétion.

— Et, Miss Prout, elle travaille toujours à l'accueil là-bas ?

— O...Oui, mais elle ne sait pas si cela va durer longtemps. La p...plupart des gros industriels qui soutenaient l'association financièrement ont tourné les t...talons et ANUV a dû licencier la moitié du personnel. Du coup, elle a récupéré une bonne partie du secrétariat aussi. Ça lui fait beaucoup de travail. La Callas a été remerciée, car comme il n'y a plus de directeur, on lui a dit que son poste de secrétaire de direction n'était plus justifié. Le jeune loup a bien essayé de présenter sa candidature, mais elle a été refusée ; alors il a démissionné pour partir dans une entreprise privée. Quant à la documentaliste, elle a été r...remerciée également. Il reste l'indéboulonnable caporal Baudu, Amélie et Robert Khol. Mais lui, devrait devancer son départ à la r...retraite et partir dans trois ou quatre mois, d'après mes informations.

— Quel gâchis ! Et pourtant, les sujets traités étaient passionnants. Je trouve que ça avait du sens de promouvoir une meilleure utilisation des ressources végétales. J'espère que tout ce travail bénéfique pour notre bonne planète va pouvoir continuer. Tu sais que, depuis cette affaire, j'ai évolué dans ma façon de regarder les arbres. Je parle à mes plantes vertes. Je demande pardon à mes pommes de terre avant de les réduire en purée !

— V...vous p...plaisantez !
— Bien sûr, nigaud. Tu m'as bien regardée ?
— V...Vous me faites penser à mon père. Il est toujours drôle, il a toujours une bonne blague à sortir. C'est lui le boute-en-train dans les repas de famille.
— Tu as lu Peter Pan ?
— Oui, pourquoi ?
— Alors, rappelle-toi son conseil : « Prenez soin de ceux qui vous font rire ; ce sont sûrement eux les plus tristes ». Allez, je t'invite à dîner. Tu aimes les escargots ?
— Euh oui, j...j'adore !
— Tant mieux. Mes beaux gastéropodes bourguignons jeûnent depuis huit jours sur mon balcon. Je pense qu'ils se sont bien vidés et qu'ils sont à point...

https ://commissairebombardier.com/
https ://www.facebook.com/catherinesecqauteure/

Sommaire

librinova
www.librinova.com